星 之 声

爱的絮语 / 穿越星际

ほしのこえ

〔日〕新海诚 原作　　〔日〕加纳新太 著

冷婷 译

目 录

爱的絮语

3

穿越星际

169

爱 的 絮 语

愛 の 絮 說

电梯和紧急楼梯

♀

醒来,酣睡时的梦境却依旧萦绕在心间,清晰如镜。

那是我打小就拥有的小特技。当然,正如无法立马回想起一个月前的今天发生了什么事一样,如若不写下来,记忆就会随着时间的流逝渐变渐淡。但如果周期是两三个星期的话,我不用太过刻意地回想就能轻松告诉别人"我做了一个这样的梦哦"。

"对梦境念念不忘的人,即便睡醒也会如同生活在梦境中一样哦。"

阿升向我说过这样一句话。真是的,他就是那种老爱说些装腔作势的话的人。说这句话的时候,他才上初三。

那天清晨,睡醒前的梦境里,我正坐在电车内。

我转过身，靠在隔离乘客座位和驾驶员座位的挡壁上，透过自动门的玻璃窗，眺望着窗外飞速流动的风景。

但其实飞速流动的并非窗外之景，而是乘坐电车的我。

该想法跃出的一瞬，感觉自己被放逐般，一丝慌乱于不经意间掠过心头，我无意识地掏出手机。

我很喜欢手机。

不知为何，我特别喜欢被涂上银色的廉价手机塑料壳的光滑触感，喜欢凸出来的按键排列，以及液晶屏幕的绿色灯光。

在那个梦里，我尝试只用右手的大拇指发短信。

然而，在摁下发送键时——

【不在服务区】

屏幕显示如上，短信无法发出。是因为电车正在开动中吗？或许是手机信号不太好吧，但也不至于发不出去吧？

梦里的我怅然若失。

醒来后，梦中的心绪依旧萦绕于心头，迟迟没能散去。

我的手机无法联系任何人。

最近的我一直有些心不在焉。

心像是飘向了远方某处，而身体则在自动完成其该履行的义务。心如同蒸发了般，茫然蜷缩于半空中，它正在注视自己受外部刺激而能动反应着的身体，比如匆忙活动中的双腿、双手及十指，这种感觉很奇特。

那时的我应该搭乘电梯，回到位于公寓五楼的家中。但等回过神来，我却已站立在屋顶之上。

太奇怪了！公寓的电梯根本无法抵达屋顶。

可此时此刻的自己确实站在屋顶上。于是，我沿着覆有一层薄砂的水泥地向前走，打算走紧急楼梯下楼。

我居住的公寓紧急楼梯是组装式的铁制楼梯，附置于大楼外侧。

当时的心情宛如漫步空中般，被风雨浇了个透。

每走下一级楼梯，都能听到当当当的脚步声。

借由下楼的惯性，我尝试将身体轻倚于回转平台的手扶栏杆上。景色跃入眼帘，略显模糊，却很宽广。这时我才切身体会到这座楼还真够高啊。

我感到有风拂过脚边。

这个地方很高。

站在高处,我总会不禁多想,如果掉下去会怎样……

也许会死吧。

不过,也有可能安然无恙哦。我心头隐隐闪过这一想法。

俯瞰地面,两层高的民宅小楼像是互相依靠般,紧贴在一起。这种景象一直延伸至远方。

站在这里,还能看见车站前的大楼和郊外的商场。

天地间,电车的高架线及高速公路若隐若现。不过即便换一番景致,我想,轻笼的雾霭也会遮挡住视线吧。

很遥远。

所有的一切看上去都遥远得如在天边。

这到底是怎么回事呢?站在高处,想象自己坠落的样子,我却浑然不觉惶恐。于我而言,坠落仅是被地面吸引而去罢了。

啊,对了!

在如此之高的地方，电波信号应该很容易接收得到。

一边这样想着，我一边拨通了电话。至于为什么要拨电话、拨给谁，这些都从意识中飞出去了。

我把手机贴在耳边。

"喂……喂……有人吗？"

无论是公寓周遭，还是眼前的民宅，视野内均没出现一丝人的踪迹。硬要说还有什么东西在动的话，唯有夏日中缓缓飘移的厚重云彩。

"我去哪儿好呢？"

我自言自语道。

去电话那边吧。

这一切就像演戏一样，我心想。进一步说，就如同置身于戏剧中般，我站在镁光灯的正中央，把手机贴在耳边，独自面朝黑暗，喃喃自语。

不经意间，我吐出了那个名字。

"……阿升？"

在说出这个名字的瞬间，我突然觉得自己没了力气，如同有什么重要的东西被剥离了般。

等意识恢复，周围的景色已开始微微泛红，就连雪白的云朵也渐渐被晕染上了看似锈迹的斑驳绯色。

手机无法联系任何地方。

这一点，我其实早就知道。假如能接通到某处，即便对方缄默不语也好，因为至少还有沉默的气氛。然而，现在连这个都没有。冰冷的寂静，仿佛是耳边一扇紧闭的门扉。

高处既无遮蔽，应该能轻易接收到电波才对呀！太奇怪了！

我轻声自语。

俯视的街道遥不可及。

我分明很想将它们连接在一起，可为何却只是悄然远去呢？

我呢喃了一句，想给这场安慰自己的戏剧拉下帷幕。

"回家吧……"

我下至五楼，推开家中沉重的铁门。

哗啦啦的金属声真心让人不悦。

走进玄关，绯色的夕阳之光从对面的垃圾口中倾泻而入，蝉鸣如泣，净是些让人不快的景物。

铁门关闭的声响很是厚重。

这时，场景骤然转换，我伫立于学校教室间。

可是，熟悉的教室也无法给予我安慰。那里已是面目全非，再也不是我熟知的教室了。桌椅被搬得一张不剩，屋内空无一物，就连墙上的告示也全被撕掉了。

对嘛，大家都已经毕业了。

我所在的班级不复存在了。

夹杂着自暴自弃的悔恨之情在心中翻滚，我甚至想到死，一了百了。

大家都去哪里了……

不，不对。

移动的不是景色。

移动的是我自己。

那，我又是在哪里呢……

"啊啊，这样子啊……"

随着身体的醒悟，我嘀咕说。

全都是梦境。

全都是在眨眼的一瞬目睹的被压缩的梦境。

我的身体——

被拉回现实。

我的双脚贴附在金属制的脚踏板上。

我的双手则握着金属制的遥控杆。

我的身体与如镜子般闪亮的控制装置融为一体。

我同那金属包间浑然一体，飘浮于宇宙间。眼前是淡绿色的阿格哈塔行星，仔细扫视，发现那些全是投射在全方位屏幕上的影像。

这里是……

这里是映射绿色行星、将我独自禁闭在内的驾驶舱。

这里是宇宙战斗机的描图器。

这里是谁也不会过来的，遥远、黑暗且冰冷的宇宙边缘。

"我已经不在那个世界了……"

有个词，叫世界。

直至上初中前,我都模糊地以为世界就是手机能收到信号的地方。

对我而言,这样足矣。

我只是想偎依在温暖中罢了。

轻飘飘的加速刺激向我袭来,脑袋有些眩晕。我——裹着坚硬的人形金属装甲——头朝下,朝着群星缓缓自由坠落。

我分明根本就不想要宇宙这种东西。

终结日

♀

2046年7月末,我14岁,是一名初三学生。尽管这样说有些俗气,但那年我恋爱了。

他叫阿升,与我同年,我们在同一所学校的同一个班级上学,还加入了同一个社团。这种事就连自己都不禁觉得很是浅近。

加入的社团是挥洒汗水的剑道部。倒不是我自吹,我的水平确实挺高(比起强大,我更想用水平高超来形容自己)。至于他嘛,总而言之,没有我厉害就对了。

不论什么事,阿升都会深思熟虑,但在运动方面,缜密的考量反倒让结果适得其反。我能看出来,他那蒙在面罩中的头脑每时每刻都在精心地盘算，比如下一步该刺向哪里、该如何佯攻。

而我则认为保持头脑空白，在思考前行动更好。

有时我会想，也许他并不适合剑道。阿升本人貌似也隐隐有所察觉，但他讨厌失败。假如输了一招两招，下场后他总会将脑袋伸在水龙头下淋水，那时的他常常一脸懊悔地咬着牙。

平时他很认真，就连悔恨的时候亦是如此。

他的脖子有点长，长相很和风，所以非常适合穿剑道服。

我到底是从什么时候开始觉得他很可爱的呢……

保守点说的话，应该是我先喜欢他的。

我想，阿升也是喜欢我的吧。

关于这一点，我还是清楚的。

……其实倒不如说，我们两个都是不擅长掩饰感情的人，从态度举止间，我们可以感受到彼此的想法。但是，我不清楚的是，他是在我喜欢上他之后才喜欢我的呢，还是恰巧两个人相互喜欢？

每当回想起那天的事，我就感觉自己的灵魂在微微颤抖。那股情绪不是惆怅，亦不是悲哀，当然更不是伤痛。那种心境，就像是连接我这一存在之物的结扣被解开了一样。

总之，那是初三的七月，期末考试结束的翌日。那天课上，大部分的答卷都发下来了，由于分数高于预估，所以我的心情还不算坏。

武道场正在进行改建工程，因此社团活动也被暂停。我一边行走于学校走廊间，一边心想如果现在能和阿升一起回家就好了，可以的话，还想绕个远路什么的。这时，好视力的我瞟见一个熟悉的身影正沿着楼梯往下走。

于是，我一路小跑追上去，就在他快要走到楼梯平台时——

"阿升。"

我站在楼梯上叫住了他。

"长峰。"

阿升停下脚步，等我下来。

我啪嗒啪嗒冲下楼梯的同时，捕捉着阿升从下面投来的视线，心里小鹿在乱撞。阿升的眼睛令人印象深刻。大大的眼眸，而且常常凝视不动。我察觉到他的视线本身就能给人压力感，而我则一直沐浴在这片压力中。

"长峰，期末考试考得如何？"

他稍稍向后退了一小步，倚着墙壁问。

"长峰的期末考试挺顺利呢。"

我鹦鹉学舌地回答说，他露出了欣然的微笑。

"那一起去那所学校……"

"可以吗？！"

我着急忙慌地接上了他的话茬儿。

但在下一秒我就想起了某个令人抑郁的现实，兴奋劲儿随之戛然而止。

"啊……可是，嗯，一定吧……"

我支支吾吾地躲开了他的视线。

从那年年初开始，关于未来，我有一个非常重大的问题。

尽管平日里我都没有太过在意这个问题，无论在家还是在学校，也都全然没有表露出来，但偶尔不知不觉中想起时,总感觉心里没底。

总有一日,我必须向阿升坦白这件事,但如若坦白的话,就等于承认了一直在逃避的现实。我不想那样,所以选择了沉默。我甚至会抱有些许期待,期待这样沉默下去,或许那件事就不会发生。

不知他是不是没能注意到我的那番心情,因为他看上去并没有太在意。这一点让我悬起的心落了地。

窗外,夏日浓厚的白云宛如冰激凌,袅袅飘升。

阿升每天都是骑自行车上学,所以回家前我得陪他取爱车。我们两个并排走向存放自行车的地方。

夕阳西下,突然,微微有些昏暗的天空变得越加阴暗。

有什么东西遮住了太阳。

我抬头仰望,惊愕地发现有个陌生的巨大物体正跃入眼帘。

"阿升快看,是宇宙飞船!"

那个物体是纯白色的,三角形,前端呈尖锐状。

覆盖了好大一部分的天空。

它在空中飞翔着。

我的意识骤然被吸引住。

是在空中飞翔的船呀……

"啊啊,那是……库斯摩特·里希提亚号吧?隶属联合国军队,难道是要出航了吗……"

不愧是男生,阿升对科技、机器人之类的话题了如指掌。他可以分辨我看不出的区别,就连飞船的名字都说对了。

我见他直直地呆站在原地,目光未曾离开那艘白色的飞船。

我也想看看他凝视的东西,于是将视线转向了天空。

那就是里希提亚号……

即便相隔甚远,却依旧能感受到宇宙飞船的庞大。

学校的操场应该放不下吧?

差不多有一个小镇那么大吧?

里希提亚号呈三角锥状伸展开,保持水平,略微倾斜地朝天空慢慢行进。虽然已是黄昏时分,辽远的天际却依旧湛蓝一片。纯白的宇宙飞船在那片浓郁的蓝色中穿破白云，徐徐上升。

尽管那个物体的动作很像飞艇，但大小却与往常截然不同。

鸟群围绕在其四周，如同依偎在母鸟身旁。

我们居住的县内有日本境内非常罕见的宇宙港口，正因为如此，才能偶尔目睹这种遮天蔽日的宇宙飞船起飞的情景。

"已经离开这里了吗？那次选拔出来的成员……"

阿升说道。这句话在我内心激起了巨大的波浪，我不禁吓一大跳，目光也突然从空中挪到了脚边。但这仅仅是他无意识的闲聊罢了。

我盯着脚边瞅了一会儿，然后再度抬头仰望远去的白色飞船。它的身影已经很小了，方才涌出的那份单纯的感动也随之荡然无存，只剩渺无依靠的忐忑不安。

当里希提亚号从视野中彻底消失后，我们踏上了回家的路。阿升推着自行车，与我并排行走。

夕阳西沉，街道被染上了温暖的色彩。

黄昏的热气一点点渗入肌肤，让人心情舒畅。

♀ 爱的絮语

不过……感到舒畅的只是我的身体，意识却怅然若失般，无法平静。

我和阿升平行走在铁路沿线的道路上。远方电车的声音总会隐隐传入耳中，偶尔还会有电车从我们身旁擦肩而过。

"听说那艘飞船到过所有太阳系的行星哦。"

他说。

"嗯……"

"就像在追捕袭击了火星的宇宙人一样呢。"

"嗯……"

我没有气力同他聊天，只能随声附和几句。

我本想说"别说这些了"，但我鼓不起勇气。

他完全没有察觉到我的心情（当然，没察觉到更好），取而代之的是，兴致满满地聊起了深受男生们欢迎的话题。

"也有从民间选拔出来的人乘坐那个的哦，那样就能免费周游太阳系一圈了，真棒啊。"

"嗯……"

"塔尔西斯人到底是从哪里来的呢？"

"嗯……"

我们走到一个铁路小道口时,正好碰上断路闸放下。就像是注定无法错过这趟列车一般,我们停下了脚步。

"长峰,你对这些完全没有兴趣吗?"他问。

"嗯?"

列车从我们身前横穿而过,那是一辆开往宇宙港口且印有联合国宇宙军标识的货车。车身很长,恐怕很难一下呼啸通过。

等到列车好不容易通过后,我总算可以回答了,但最终我依旧没能否认。

"是有点……"

我只好敷衍了事。

"算了,去下便利店吧。"

他说。他是个心情一下就能转换的人,我喜欢他这点。

"嗯!"

我稍稍提起了精神。

我们在国道旁公寓一楼的便利店内买了橙汁、咖啡牛奶、盒装的小份冰激凌及一小份甜甜圈。橙汁和冰激凌是我喜欢的。

我有个怪癖,每次去便利店总会把每排货架都看个遍,否则就会感觉少了点什么。

毫无隐瞒地说,我超级喜欢便利店。

喜欢便利店天花板上一盏盏的白色荧光灯,喜欢便利店光亮光亮的白色地板,喜欢便利店货架上琳琅满目的商品倒映在地板上的影子。

这种喜爱,已经到了想直接住在便利店的地步。

比方说,在收银台处放一张桌椅,坐在那边眺望货架的陈列。床和衣柜,以及其他零碎的小物件就放在后面的店员区。

当然,我期待的空间是一个既无店员也无顾客的唯我独占的便利店。那样的话,我一定会感到很幸福。虽说没有店员,就无法补充货物上架,也不能将店内打扫得一尘不染,但反正只是妄想,所以没关系啦。

穿过自动门走出商店时,不知心情是明快愉悦呢,还是恋恋不舍,抑或是孤寂难耐。

"去哪里吃呢?"

我问他。

"去车站吧?云层有点诡异,估计要变天了。"

我抬头看了看,确实,分明方才还晴空万里,不知何时开始,黑压压的乌云已布满了头顶。

我们将自行车停靠在便利店前,然后朝车站方向走去。

我常常同阿升像今天这样绕道来便利店,悠闲地享受二人时光。

我们有时坐在店前吃,有时边走边吃,偶尔还会去车站吃。

转过一处小拐角,沿着蜿蜒的小径向前走,能看见一段长长的楼梯。楼梯中央有一根钢制的栏杆,一直延伸至顶点,跟山里寺庙前的台阶一样。

走至楼梯时,大粒大粒的雨珠开始滴滴答答往下砸。

啊啊,下雨了……当我在心里嘀咕时,大雨开始倾盆而下。

"冲刺了,长峰。"

他语音还未落,我就已经跑起来了。我们同时冲上了石阶。

　　我完全没有考虑要以怎样的姿势奔跑会显得可爱些，只是膝盖不停踢撞着裙摆，鞋底踏在石阶上，发出"磅磅磅"的声响，我正以一步跨过两层台阶的几近飞跃的速度往上奔爬。

　　我边跑边默数石阶，我习惯条件反射似的暗数台阶数量。

　　今天也是七十三级台阶。

　　第七十三级台阶位于最上方，它的前方横亘着一条甬道，往右拐一点就是老车站的候车厅。

　　候车厅建得很简陋，是一个用木板和铁皮搭成的小屋，仅限躲雨。屋内没有电灯，只有供人坐下候车的木椅。

　　我和阿升冲进小屋。

　　"雨下得还真够大呢……"

　　"嗯。不过等乌云散掉，雨很快就会停的。"

　　我们在很短的时间内被暴雨浇了个透，两个人浑身上下都在滴滴答答地滴落水珠，地板被溅得湿漉漉一片，就像下了场雨被雨水打湿了一样。

阿升撩起贴附在身上的衬衫，看似很难受。而我则庆幸女生制服的衬衫外还有件背心，我将便利店塑料袋平铺在椅子上坐下。

他试图拂去头上的水，可没承想头发却被弄得贴在头皮上，看上去有些奇怪，我不禁扑哧笑出了声。

"笑什么嘛，参加社团活动的时候不一直都是这样吗？"

"嗯，抱歉，但真的很奇怪。"

我笑着应答。

感觉鞋子里湿透了，于是我用脚蹭掉鞋子，用手脱下袜子。

阿升正在注视我的举动，我感觉得到他的视线。

啊啊，我的动作看似很刻意呢，我心想。

我轻轻地盘腿而坐，开始打量自己脚趾的形状。

这一系列不经意间的动作会显得很刻意吗？——我这才恍然察觉。不过，我并没有将该想法表露出来。

我很开心自己把阿升的注意力吸引了过来。

尽管没有半句言语，甚至连视线都未曾投向于我，但一想到阿升正在注意自己，我就觉得心满意足。

我和阿升在昏暗的车站候车厅中促膝而坐，在我们聆听雨滴敲打屋顶的间隙，时间如流水般淌过。接着，我们开始闲聊，当然，这些话题都与宇宙无关。

一小时只有两趟巴士经过，而且待在候车厅的话，司机也看不见我们。

我甚至有种仿佛这间狭窄的老房子才是世界的全部的错觉。

"长峰，上高中的话你还会继续玩剑道吗？"

听到他问我时，我有点心荡神驰，几乎到了忘记自己无法上高中这件事的程度。

"嗯，这个嘛——阿升你呢？"

"嗯，我会继续哦。长峰你也会继续的吧，因为你很厉害哦。"

阿升常常这样若无其事地表露自己的心情。

这时我也开始戏谑性地开他的玩笑。

"既然你这么说——也就表示你想跟我在同一个社团对吧？"

"啊？你在说什么呢？"

"嘿嘿,你就这么想跟我在一起吗?"

"唔哇,这里有个花痴女。"

我想,或许我们一直都在这样小心翼翼地试探对方。

因为不这样的话,就会陷入不安。

到底是不是真的呢?

无论我还是阿升,都从未清楚地表示"我喜欢你"。

同学和社团的朋友们都以为我们在交往,可事实上,尽管我们没有给予否认,但也从没确认过彼此的想法。

我们自始至终都没向对方说出"喜欢"这两个字。

应该还是害怕说吧。

我的内心某处迟迟无法相信这种奇迹——我喜欢的人恰巧也会喜欢我。

于是我开始质疑,是不是哪儿弄错了。

我不知道阿升的感想。

他那颗看上去一直都在转个不停的脑子究竟是怎么想的,我全然不得而知。对那时的我而言,男生就像其他生物,几乎和宇宙人没什么差别。

我只敢在只言片语中凝神感触隐蕴的温存,或是在远方徘徊，犹豫着想要看个仔细。仅此而已。

这样就够了。毕竟每天都能见面，还能时常一起回家。

可是……

阿升仰视着积满灰尘的铁皮房顶，说：

"差不多该回去了吧？"

喧嚣的大雨不知何时已销声匿迹。

"嗯，雨停了呢。"

话音刚落，云朵便飞速飘远，夕阳从小屋的入口处倾斜洒入。

走出车站，雨后的清香扑面而来。

空气犹如被雨水冲刷过一遍，清新舒爽。

回到便利店，阿升朝自行车踢了一脚。

"坐上来吗？"

他问我。

"嗯——"

阿升自行车的后轮胎旁装有踏板。

确定他在车座上坐稳后，我稍稍迟疑了会儿，从后方伸手搭住他的肩膀，轻轻抬脚坐在了后车座上。

起初踩动自行车时会有点摇晃。

我站在踏板上,挺直身板,水平的柏油路从眼前一晃闪过。我从与往日不同的角度眺望,清爽的风微微拂过面庞,心情甚好。

我们在沿江的路上奔行。

夕阳映照在水面之上,波光粼粼。

搭在他双肩的手掌能感触到他踩脚蹬时富有节奏的动作。

他的肩膀很宽阔,很厚实。

我很诧异的是,同样为人,为何彼此之间会有如此之大的差异。

他是与我不同的存在,这一感触让我有些动摇。

惬意的微风掠过身体,可我很紧张。

那时,我像是受宠若惊般,又像是悲怜自哀般地惶恐起来,身体在微微颤抖。

暧昧的心情如同被压力逼到了极限,充满蓄势待发的气势。

怎么办?

怎么办？

怎么办？

我自然而然地用力抓紧了他的肩膀。

我想，也许是我在拼命勉强维持着吧。

我喜欢这个人。

我渴望能一时冲动说出这句话。

我隐隐察觉，现在必须说出口。

自行车穿过细长的沿江公园，钻进了枯藤架下的小径。

穿过小径后，夕阳温暖的光芒斜射进来，我再度反射性地仰望天空。

绯色天空的深处，爪痕般的白色纹理正在延伸。

"哇啊……"

我高声惊呼，"喂，快看天空。"

也许是他觉得两个人骑车时东张西望不太安全的缘故吧，他轻轻握住刹车放慢车速，紧接着停下自行车，抬头朝我手指的方向望去。

"是追踪者……"

圆圆的深橙色天空中，八缕飞机云排成一列，蔓延至远方。

但它的速度比飞机快很多，瞬间，天空就布满了平缓的曲线。

那不是飞机。

那是……乘着那艘宇宙飞船去往宇宙的物体。

从这里看不清它的姿态，但它应该呈人形，有自己的手足。那是大型的人形——机器人。

"好厉害啊……"

他深吸了口气，感动地叹息道。

"呐，听说那东西连补给都不需要，一瞬就能去到地球的任何一个角落，好像还可以独自冲出大气层外……好厉害啊……"

"嗯。"

这个我也知道。

"人形机器人啊……那东西竟然可以跟飞机一样飞翔，感觉好不真实。到底是怎么飞起来的呢……"

关于这一点，我也相当清楚。

它借由冲压器换挡引擎、重力调节及空间弯曲推进而前进，除此之外，我还知道更多。

阿升将头偏向一边，一直注视着追踪者的轨迹。

"好美哦……"

我不由得感叹道。

"嗯……"

阿升也自言自语般地嘟囔。

这时，不知是哪棵树上的蝉正在低泣。

白鸟群飞得很低很低，速度看上去也很缓慢。

阿升微微偏倚的脖颈就在眼下。

我觉得自己正想说出重大事情，不禁紧张起来。

"喂，阿升……"

我双手使劲抓住他的肩头。

俯下身子。

凑近他的脸颊。

嘴唇几近碰触到他的脸庞。

啊啊，我闻到了他的气味——

可我说出的却不是当时正想说的话。

"我啊……"

我为什么会在他的耳边呢喃另一件事呢?

"从明年开始,就要坐上那个了……"

我听见自己的体内有一扇厚重的门扉正轰然关闭。

那是我向这个世界告别的话语。

textbook

♀

2039年那年，我七岁。那时的我孩子气十足，连什么叫作可怕都不知道。只记得电视严肃地报道了一些内容，大人们看过后不是惊讶，就是愤怒，或是恐慌。

"前往火星的宇航员们被宇宙人袭击了。"

事件应该是母亲告诉我的。

当时的我却并不认为这有什么不现实的。由于是电视报道的事件，所以我没有现实或虚构之类的感想，只是把它理解为中立的"事件"而已。

但去学校的话，每天都能听到宇宙人即将发动进攻的谣言。一些男生还在火上浇油地谈论塔尔西斯人将会如何袭击地球，这让我有些害怕。

当时应该也出现了恐怖小骚乱事件及自杀事件。

塔尔西斯人、塔尔西安，这些都是大家给那些宇宙人取的名字。

因为在火星塔尔西斯高地发现了他们的遗迹，所以才这样取名。

升入初中那年，在现代社会课的视听教室里，我观看了关于他们的录像。在大型（或许比琵琶湖还要大很多）湾形火山口内，看上去形似细塔的建筑物宛如花插座般鳞次栉比。

调查队潜入了这好几万年前就被遗弃的遗迹中。

之后，塔尔西斯人袭击了调查队。

去到火星的人好像全军覆没。

也就是说，塔尔西斯人几万年前在火星上建造了城市，后来抛弃它离开火星，现在又不知从哪儿冒出来了，在袭击完调查队后再度销声匿迹。貌似只能这样描述了。

该事件被称之为塔尔西安血战。事件发生后，塔尔西斯人便消失得无影无踪。

然而，我们并不清楚他们又会在何时袭击什么地方……各国都开始部署对付宇宙人的军备，联合国也成立了防备塔尔西安的宇宙军……教科书上是这样记载的。

但是，也许是"塞翁失马，因祸得福"吧，塔尔西斯遗迹中竟然沉睡着超级先进的科学技术。

那艘白色的宇宙飞船里希提亚号及追踪者机器人（好像它的名字叫格斗宇宙战斗机）就应用了塔尔西安的技术，目的是迎接同塔尔西安的战斗。

为了调查塔尔西斯人的遗迹和基地是否还存在，地球计划从2047年开始派遣4艘宇宙飞船和288个追踪者前往宇宙，花一年的时间绕太阳系所有行星一圈。

而我正是该计划在民间选拔出的驾驶员之一。

短　信

♀

进入第二学期后,我开始忙于调查队辅导班、会议之类的事务,难以抽身去趟学校。12月中旬,我连毕业典礼都没能参加就离开了日本。

但从手续的角度来说,我已经初中毕业了。

后来,为了学习如何操纵追踪者,我开始接受训练。

总感觉它的控制装置,即操纵席的形状很像从前的赛车。

操纵席悬浮于圆球状的空间内。空间的内壁全都安上了屏幕,我驾驶的追踪者所看见的周围景色会被投射在这上面。如果忘记这些画面,也许会感觉自己仿佛坐在操纵席上飘浮于广袤的宇宙间吧。

另外，初次来到宇宙时，我有种赤裸裸地被放逐到一片漆黑的世界中的错觉，心里很是害怕。

但操纵的方法却出乎意料地简单。

尽管以防万一，我也学会了手动操控，但基本上只须想象"这样动吧"，追踪者就会自动采取相同的动作。这个好像也是塔尔西斯遗迹中的技术。但有些人貌似在体质上就能和机械同步，有些则不能。

因为受惯性控制，坐进去后倒也不会觉得难受，更不会头晕。我想，如果只是开动这台机械的话，应该连小朋友都会。

但难点在于"把握空间"。

追踪者可以在空中飞翔，但它的功能不仅限于飞翔。人和车都只能在平面上运动，而追踪者却不同，它能控制重力，自由地飞往任何方向，甚至还能倒立飞翔，或是将双足伸向前方飞翔。

只不过如此一来，很容易造成脑袋一片混乱，分不清楚上下前后。

飞机的重力方向始终是下方，可追踪者却没有这样的基准。而我的工作就是在该条件下寻找同样飞翔于空中某处的目标，然后消灭它。一想到这里，不禁感叹这份工作还真是件累人的差事啊。

我用手机向阿升诉说这些事。

由于国际长途及时差的关系，想通电话虽说有点困难，但短信可以在一瞬发送出去，这让我心情愉悦。

我能自由地发送短信。虽然从形式上来说我也是联合国军队的一员，但并没执行任何需要保密的任务，就连每日在亚利桑那州的巴林杰陨石坑进行步行训练这件事都能自由记录下来。

不过转念一想，也许有人在暗地里检查短信，改写不允许泄露出去的事情，但我感觉至少我想传达给阿升的事情都一字不漏地发出去了。比方说，亚利桑那的景色之类的。

所谓的"荒野"就是这个样子吧？关于这点，我在美国中部已切身体验过了。

没有高山，没有森林，更没有街道。孤零零地伫立于此，除了震撼，还是震撼。换作日本的话，要不是北海道那种地方，压根儿想象不到这番景色，一切显得很不现实。

我驾驶追踪者，在位于巴林杰陨石坑浅湾边缘的此处进行着攀岩训练。

我每天都会给阿升发短信。

我把手机带入驾驶舱中，有时还会在训练时给他发短信。

若双方聊得投机，一日内一个话题会来回收发差不多五十条短信。

话说，在日本时我们并没有发短信的习惯，真是不可思议啊。

短信就像是交换彼此心情的媒介。

为什么会这样呢？明明无法相见，却感觉阿升比以前离自己更近了。

"不过，即便当下我也依旧觉得不可思议。

为什么美加子会被选上呢？"

他曾发过这样一条短信给我。

自从相互发短信后，他改叫我"美加子"，而不是"长峰",我打心底觉得开心。就在这时,我收到了阿升的短信。

"美加子,你还好吗?"

短信如是写着。尽管有些难为情,但很贴心。

此外,就连参选者都不清楚选拔驾驶追踪者人员的基准是什么,这完全就是个谜。

我所在的美军基地里有五十多个追踪者选拔成员,虽然大家都在接受训练,但全员都是从民间选拔出来的新人。最小的跟我一样十五岁,最大的约莫三十岁,男女皆有。但具备军人气质的人一个也没有。

基地没给我们分发军服之类的东西,大家都穿着自己的衣服。

有两位教官会操纵追踪者,但他们说自己也并非军人。为何不让飞机飞行员来操纵呢?

真是个谜。

在回复阿升的短信中,我这样写道:

"是朋友擅自寄出了我的报名表。"

"你是白痴吗?"他回信说。

"美加子才不是白痴呢。"

"自己称呼自己的名字,真够白痴的。"

"你好烦耶!"

就这样,我们聊了很多无关紧要的事情。

短信发出后,我会迫不及待地等待回信,心神不宁。

明明短信才刚发出去,我却目不转睛地盯着手机,心想,差不多该回信了吧?怎么还没回呢?

若是迟迟没有收到回复,内心就会陷入一阵轻轻的不安。我一边思考这里和日本的时差,一边计算短信应该什么时候收到。应该收到了吧?还没看吗?是现在太忙待会儿再回复吗?到底怎么回事呢?……总之脑子里想到的全是他。

等待的同时我轻晃着身体,每次收到回信,心中都会滋生一股莫名的感动,就像看见精心呵护栽培的盆栽开了花一样。

起初我也会给母亲发短信。

然而母亲对当时送我参加选拔一事心生后悔,她一直都很内疚自责,每次在回信时都会说:

"对不起。"

"真的对不起。"

"抱歉。"

这些字眼总会出现在短信的某处。

每当我看见这些文字,压力就会爆表。于是,我渐渐不再给她发短信了。

一月,我所在的里希提亚舰队搭载追踪者飞至西班牙。为了完成调查行星的任务,那里聚集了里希提亚号、蕾达号、希马利亚号、艾拉拉号四艘宇宙飞船及全世界所有的追踪者。

我被分配到了里希提亚号。

进入二月后,四艘宇宙飞船中的里希提亚载着我们离开地球,波澜不惊地在火星着了陆。

从我发送短信到阿升收到短信,竟然要花整整三天的时间。

测 试

♀

来到火星圈已有两个半月。

我讨厌的事情也增加了两样。

一样是看手机时没收到回信,另一样是驾驶舱空间内鸣响的"呗——"的警示音。

这个声音很烦人,一直刺激着我的神经。

在拼命练习操纵的时候我还没有察觉到,但当我习惯乘坐追踪者后,就开始越发讨厌这个声音。

这时,那个声音又响了起来。

我的操纵席,即银色的操纵装置静止在火星赤道上空两千米处。

我的手和脚都被装置固定住了。

从高空俯瞰,能看见一片圆形的地面。

下方的火星大地神似亚利桑那州,但颜色更偏向于红锈色。空中没有一朵云彩,即便白天也是灰蒙蒙一片。也许是因为空气过于稀薄吧。

全方位屏幕的属性显示窗口变成了"UNDER AN EXAMINATION"的红色字样。

这是在测试。

里希提亚号静止在行星遥远上空的卫星轨道上,就火星地面而言应该是其正上方。估计那些大人物现在都在注视着我,给我打分吧。

在令人厌烦的声响下,我操纵着机体在空中滑翔。

全力移动中。

如不移动的话,就会变成目标。

紧接着,我急速转换方向,绕直角拐弯,或是逆行飞翔。因为惯性处理器还在工作,所以我可以顺利完成这些动作。假如它出现故障的话,我也许会因为重力而死掉吧。

我一边操纵追踪者,使其呈"Z"字形轨迹飞翔,一边向上下左右张望，急忙寻找目标机体。虽然自动搜索敌人的系统也在运行，但在大约一个月前我发现自己搜索的话反应会更快些。

突然，有束微弱的光芒进入视野。

我不打算仔细看清楚，只是心想找到了！就在这时，紧急警示音报响，有颗能量炮弹向我飞来，不过没有击中我。

因为那时我已经急转弯，并发出了攻击命令。

当那个讨厌的声音响起时，我会与先前的自己判若两人，变得十分敏锐。

我身后发出了六枚诱导弹，它们如猎犬般拖着长长的烟尾，开始自由地追击目标机体。

这时，为了甩掉诱导弹，目标机体也消除了惯性，跟我一样呈"Z"字形轨迹飞翔。诱导弹一边调整方向，一边继续纠缠地追上前去。而我则终于看清了目标机体的形状，类似三角形，像乌贼的头。速度很快，恐怕诱导弹很难追得上。

我从地表方向绕了一圈，拐到了乌贼的回避路线上。

乌贼正在加速，试图甩掉后面的诱导弹。我抓住追踪者的右手，对准乌贼的脑袋扣下了手腕上的加农炮扳机。考虑到乌贼和炮弹的速度以及两者间的距离，我将炮弹"设置"在乌贼即将飞过的地方。

我不确认是否击中了乌贼。

无论是去搜索下一架敌机，还是炮弹万一打偏飞向其他方向，反正基于这些因素，我都不能待在原地。

不过，应该还是击中了吧。

因为当我转换到随机飞行模式时，机械告诉我敌机已被击落。

组成编队飞翔于火星上空时，我的右手紧握着手机。然后，开始给今天早上收到的他的短信写回信。

"火星的地面很红哦，远远望去，红红的一片。
偶尔会有像湖泊的东西，但却是银色的。
里面好像不是水。
可是，云朵和地球一样，是白色的。

刚才最后的测试终于结束了。

我们一直在火星演习。"

我轻叹了口气,在这里还真是一直都在测试呢。

我所在的里希提亚舰队即将离开火星,前往下个目的地木星。

接发短信的时间又要延长了……

由于行星间的网络还不完善,所以短信需要好几天才能收到。

我们没法跟在地球上一样,一天互发好多条短信,我们只能无奈地减少短信的条数。

虽然很不情愿,但我和阿升的距离越来越远了。

取而代之的是,我开始给阿升发由很多很多文字组成的短信。

"我在这边的成绩也很好哦。

好像很有才的样子。

不过我讨厌测试。

我不喜欢大家盯着我看。

在地球上的时候,讨厌期中考试,

讨厌中考,

但现在却很怀念学校的考试。

好想参加中考啊……

好想跟阿升上一所学校啊。"

写到这里时,我连摁了几下清除键,从"好想参加中考啊……"开始,把后面两行的文字全删掉了。

因为我隐隐察觉到自己似乎开始有没完没了输入这些沉重话题的倾向。

我无须特意操作追踪者,它正半自动地飞向塔尔西斯遗迹。

不管飞行速度有多快,我都感觉不到追踪者正在飞行。因为我只能感觉到给予飞行员体感讯息的最低加速度。

"虽然上面让我们从火星开始依次调查各大行星,

但其实结束火星调查后就基本可以确定,

除塔尔西斯高地之外,不存在其他遗迹,
来这里只是单纯地为了演习。
是训练哦。
不过托训练的福,火星旅行很顺利哦。
我看见奥林匹斯山了哟!
还有马利纳鲁斯峡谷!
当然,还去了好几次塔尔西斯遗迹呢!"

屏幕的指令窗口内用英文显示了编队指挥的行动指示,我按照指示为着陆做准备。

我们一行五辆追踪者,机体的金属脚沿着塔尔西斯高地中央的火山口外侧滑下。

这番景象就像出行前扫墓一样。

屹立于火山口内侧的无数尖塔在不停闪烁,从这边清晰可见。

俗话说,百闻不如一见。照片上塔群的光芒看上去略带类似金属的光泽,但实地靠近看才发现,那是用石头搭砌而成的纤长的大楼。

这里的大楼并不是每座都笔直地矗立着,而是同堆起的积木一样,有的会向外突出些,有的会稍稍弯曲,有的还会被抹成绿色或橙色。塔尔西斯人曾住在这里吗?

这座石头城的设计如同孩子发挥想象力描绘出的涂鸦,给人一种噩梦般的感觉。

我讨厌这个。

只是看看就觉得不舒服。

为什么会有这种东西存在呢?

要是没发现这种东西就好了。

正因为发现了这种东西,我才置身于此处。

"我讨厌这座遗迹。"

我不由得打了这行字,却又马上摁下清除键删掉了。然后,我输入了其他文字。

"眼前的景色看过很多次,可直到现在依旧觉得难以置信!

火山口有很多教科书中照片上的那种纤长的建筑群，

就像牙签一样密密麻麻地扎在那里。

好厉害哦。

太阳系真的不是只有人类——我很感动！"

接着，我在最后又说了件常提及的事。

"你怎么样？

上高中的感觉如何？

有什么变化吗？

有新店开张吗？

好想知道你那边现在变成什么样了呢。

不管什么，都请告诉我哦。"

唯有这些，才是百分百发自我内心的内容。

14 天 5 小时 13 分

♀

"阿升,我到木星了。"

里希提亚号的调查活动进展顺利,而我则抵达了木星的卫星欧罗巴的中转基地。

我习惯一边操作手机,一边确认超长距离短信服务的短信预计可接收的时间。

我尝试摁下手机按键,屏幕上显示——

14 天 5 小时 13 分。

竟然连几分几秒都计算得如此精准。

我焦躁地盘算着,网络瓶颈是否改善了,时间是否缩短了。我反复进行着确认。

14 天 5 小时 12 分。

14 天 5 小时 9 分。

14 天 5 小时 18 分。

需要两周的时间……

"我说,

其实追踪者并没有阿升说得那么好哦。

虽然可以在宇宙中飞翔,

但不是'嗖'的一声就飞走,所以感觉不太舒畅。

怎么说呢,有点慢悠悠的感觉吧。

啊啊,不过我喜欢在机体外看别人飞远。

光线以惊人的速度延伸,

太美了。"

从欧罗巴凝视飞行于宇宙间的追踪者编队的光点,真是太唯美了。

蕾达号和希马利亚号的电磁弹射器同时发射出几十缕光芒,笔直地平行延伸,没有任何交界点,构成一股耀眼的绚丽。

欧罗巴基地是宇宙殖民地,它像土星的光环一样环绕欧罗巴卫星一圈。

包括里希提亚舰队在内的四艘舰队全被拴留在该光环上。

即便去欧罗巴基地,那里也没有我们居住的场所,所以我一直待在里希提亚号的自己的房间里。

里希提亚的船员房间分双人间和单人间两种,不知是不是大家心里不安的缘故,反正双人间更受欢迎。但我住的是单人间,雪白的墙壁、折叠式的床铺、桌子及壁橱,还有终端装置。虽然家具陈设简单,却都是新的。

基地里也有娱乐设施,很多船员都聚集在那边玩闹,可我没太大兴趣。

追踪者队里的其他人都对这份工作抱有极大的恐惧及不安,而这种情绪很容易传染给其他人,于是,大家都尽量抑制不外露,可终究还是自然而然地传开了。

不知为何,我倒并没有不安的困扰。

虽然我的信心来得毫无根据,可我认为塔尔西安不会再出现了,也不会爆发什么战斗。

因为我压根儿没有什么实感呀。

没有实感的事实就是梦境。

只要不发生战斗,当下就同乘坐在豪华客船上旅行一样。

我不害怕。

我害怕的只有……

感情的距离。

害怕感情会就此疏离冷淡。

仅此而已。

我不希望里希提亚的生活成为我的日常。

和阿升在那座镇上的日常感觉。

和阿升在一起的心情。

我想把这些当作心灵基准。我害怕这些基准在自己心中渐渐变淡薄。

我不想依依不舍地回忆。

我想把心灵搁置在那里。

有时,我也会强迫自己思考"我一直都在做什么"。

这里缺乏很多东西,其中最为匮乏的就是"普通的日常生活"。

我渴望日常生活的气息。

朝日升起时睁开双眼，夕阳西下时踏上回家的路，这些理所当然的日常生活离我越发遥远。

不知从何时开始，我如饥似渴地阅读电传过来的报纸。

我细心咀嚼阿升发来的每日生活讯息。

我从未删过一条短信。

每条短信都看过无数遍。

在不久前的短信中，阿升说我初二的同桌正在跟阿升的朋友交往。

我不禁拍手高呼"恭喜"。

可随后，心里又觉得很悲哀。我不在的这段时间里，发生了很多事，很多东西也都在改变。

阿升说他们两个分别升入了不同的高中，而且家离得也很远，交往起来很费劲。

我注意到了"不同的高中"。

是啊……

即便回去，初中时的班级也不复存在了……

"从这里看木星,超级大。

我时常从这边远眺!

感觉有两种地面,木星和欧罗巴。

以前看到的照片里的木星是土黄色的,

可从这里看到的木星却是金色的。

超级华丽!

它与月亮一样,时盈时缺。

我从欧罗巴直接降到了木星上哦。

欧罗巴的重力很微弱,

反倒感觉像是被木星慢慢牵引向下,

有点像过山车。

木星上的月亮怎么看都不觉厌腻。

艾奥与木星间的磁流管也很棒哦!

这是太阳系最大的雷。"

磁流管真的很炫丽，有点像烟火，却又比烟火更壮观。

木星云朵下方冒出了一个紫色的光点。

瞬时，一道电子光波般的银色雷电从木星地表发射向宇宙。

然后，猛地击向艾奥。

那是从金色行星朝灰色月亮放射出的等离子体。

目睹的一刹那，我起了一身鸡皮疙瘩。

之后我松了口气，从心底感慨自己看到了惊人的一幕。男船员们个个欢欣鼓舞，好想让阿升也看看。

是啊……好想和阿升一起看呢……

我在想，假如短信也能同光线穿越行星一样一瞬送达的话该多好啊。

听说有不少短信是发不到地球的。

不知阿升能否收到这条短信……

制　服

♀

　　舰队转移时，追踪者队员基本上处于无事可做的状态。顶多一天进行一次战斗模拟装置训练，之后就是以小队为单位进行战斗记录讨论会（通称研讨会）。我的成绩一直很好，所以研讨会上基本不太发言。

　　其他时间我几乎都待在自己的房内，或是追踪者的驾驶舱中。在自己房间里时可以用投影仪看电影，在驾驶舱内时可以茫然地眺望投射于全方位屏幕上的宇宙佳景。

　　七月初，上面命令我们离开木星。在欧罗巴举行了一场小型送别会后（有些无聊），里希提亚号和其他三艘舰船又朝昏暗的宇宙出发了，这次的目的地是冥王星。

起初我还在想，下次是土星，下下次是天王星，可没想到突然要飞去冥王星。或许，其他行星会在归途中调查吧。

如此一来，和阿升发收短信的时间要变成好几个月了吧。

就跟过去的航空邮件一样。

贴着邮票寄出的信纸。

信吗……

回想起这般奇怪的事情，我不由得笑了起来。

话说，以前还想过给阿升写情书呢……

那是在上初一的时候，没记错的话应该是冬天，因为记忆中雪花在飘飞。

我去书店选购了一沓可爱的便笺（是粉色的），摊在桌上，却很犹豫该用什么颜色的笔。

首先，写上了"寺尾君收"。

接下来该写什么完全没头绪，结果一个字也没写出来。那时的自己真可爱呀，喜欢一个人，就总在思考如何下定决心表白"我喜欢你，请跟我交往"。

马上就要开会了，我脱掉在室内穿的运动衫，换上制服。

面对镜子，系上领带，镜子里的自己和初中时没什么两样。

这是初中的制服。

我在里希提亚船员们面前及追踪者里面时，一直都穿着这个。

"紧吗？"也有人这样问我，但我一点也不觉得紧。我喜欢把领带系得紧紧的。

我快步走在没有一条接缝的奶油色大道上，但其实穿越低重力区域的缓冲地带时本该慢行。走进升降台的同时，我彻彻底底从重力中解放了出来。

随后，我离开升降台，奔向第3追踪者队的2号机。

那是我的追踪者。

不知为何，明明所有追踪者都同一副样子，我却可以靠直觉立马分辨出我的机体是哪架。

我钻入驾驶舱。

由于追踪者是最理想的信息收送终端，所以舰队召开大型会议时，飞行员都会进入自己的追踪者，借由影像和通信手段进行交流，这种场合很像网络会议。

驾驶舱和单人间一样宽敞，坐在这里既不用在意别人的眼光，还能欣赏窗口后方映照出的星空，我很喜欢这种会议模式。

我轻轻坐在座位上，将重力调节至0.3G，再把会议用的窗口拉到前方，其余部分则投射出里希提亚主摄影机捕捉的影像。

之后，我打开另外一个小窗口，屏幕上投映出我的脸庞，我稍稍理了下刘海。

无论发型、长相，还是服装，都跟去年差不多，没有什么变化。

对于这点，我很满意。

当我知道搭乘追踪者不用穿像宇宙服之类的服装时，我很高兴。尽管上面也说过"你们从事的是重大、神圣的工作，希望各位能穿正式的衣服"，但我一点也没觉得反感。

追踪者有空间扭曲保护盾的保护，即便被塔尔西安炮轰两三发也能安然无恙地把炮弹反弹回去。追踪者的驾驶舱貌似是全宇宙最安全的防空洞。

我可以一直穿着这身制服。

熟悉的制服能让我特别放心。

全方位屏幕都投射出宇宙时,偶尔会感觉自己独自飘荡于宇宙的正中央。而被孤零零放逐在空无一物的昏暗宇宙时,如若抱紧自己穿有制服的身体,就会得到安心。

会议已经开始了,我分出部分注意力集中听取会议信息,剩余部分则在呆然地思考其他事情。

好想见阿升啊……

他给我设定了人生的零坐标。

我的意识常会自然而然地回到那儿。

我想,只要我心里有阿升,我就能忍受这份工作,就能熬过这一段并回到他身边。

我没跟阿升说过自己其实从未积极地同里希提亚舰内的人们建立人际关系。

就连招呼都不打。

我不想跟这里建立过于深厚的羁绊。总感觉瓜葛越深,对地球的牵挂就会越淡。

支撑我生命的力量不在这里，在别处。为了能和支撑我的力量有所牵连，我必须承受这份孤独。

就在这时，我的手机短信铃声响了，我立即飞奔向放在驾驶舱另一端的袋子里的手机。

收到回信了！

好想快些看。

好想现在就看。

我把手机揣在怀里，心里乐开了花。

他会说些什么呢？

在上一条短信里，他问我——

"能给我发张照片吗？"

是我的照片。

我想他应该也想见见我吧。

想到这里，心头弥漫着阵阵幸福感。

不过，发送图像数据的话，接收的可能性会随之降低。这一点他也知道。但尽管如此，他仍旧希望我能发给他。

虽然我觉得收到的可能性不大，但还是发了张自拍照给他。当然，另外还发了条与平时差不多的短信。

现在我收到回信了。

不知道他是否收到了。

要是收到的话就好了。

但我也明白"希望越大,失望越大"的道理,因此,我在脑海里呢喃:不要抱有期望,没收到也是理所当然的事。

此时,外面没有监控各驾驶舱内的情况,会议内容及资料数据也都作为录像保存在内存里了……

我乐滋滋地轻闭双眼,在数了五下后轻轻摁下了手机按钮。

打头的文字跃入脑海,瞬间,我知道他收到了照片。

收到了!

收到了!

我暂且没往下看,闭上双目,陶醉于满足感中。

之后才开始往下读。

"我收到了图像哦。

数据也没有出现乱码,看得很清楚!

不过,你为什么还穿着初中的制服呢?"

我感觉自己全身的毛孔都"嗖"的一下紧缩起来了。

"为什么……"

我小声嘀咕。

为什么?

明明只是一句微不足道的话,却深深刺痛了我的心,感觉自己像突然泄了气的气球。

啊啊……

是吗?

我查看了下手机上的日期。

已经七月了。

七月。

七月吗……

如此说来,新的一个学期快要结束了。

这种理所当然的事情却已从我的生活中抽离了。

我连毕业典礼都没参加。

而阿升已经毕业了……

之后又过了好几个月。

对现在的阿升来说,初中已经是遥远的过去了。

……原来如此。

直到今天,我才意识到这点。

当然,从常识的角度来说,我是明白的,只是缺乏现实感而已。

这是为什么呢……

好痛。

我的身体在颤抖。

不是身体的各个关节,而是全身的皮肤及每个细胞,它们在嘎吱嘎吱地颤抖。

我……

渐渐被抛在身后。

如同风化的木雕,渐渐被遗忘。

我身处这种地方,

时间在一点一滴地流逝,

无论对谁而言,明明时间都是在同样逝去,

可我却被远隔出他的时间。

夏天快来了,应该热起来了吧?

暑假即将来临,现在应该是他的心开始悸动的时期吧?

于我而言,这种心绪截止到去年都是极为平常的,可现在却有点回想不起来了。

现在短信的收送时间开始超过二十天了。

之后是漫长的等待。

我——

"讨厌!"

我很想这样喊一句。

但最终我还是咽下去了。

因为,我还没毕业。

连毕业证书都还没拿到。

这些话蓄势待发就快要冲出我的嘴,嗡嗡嗡地在心中回响。

我拼命忍住。

说出去的话如同泼出去的水,无法收回。我就这样摇摇晃晃,几近崩溃。

这种时候还有取而代之的话语。

"没关系。"

我对自己说。

"没关系。"

我努力抑制住翻腾于心尖的彷徨和痛苦。

因为——

在整备网络之前,书信不也是这样的吗?

在过去的时代,一封书信需要花上好几个月的时间才能寄到。

那时候分隔海角的人们也能借信传情。

"所以没关系啦……"

我一直重复呢喃这一咒语,直到读完他的短信。然后,开始给他回信。

"从今往后,

短信送达的时间会越来越长,

从最远的欧特云发送的话,

需要半年的时间才能收到哦。"

"就像 20 世纪的航空信一样呢,

嗯,没关系!"

最后我又打了这两行字,然后发出去。

只是,这次阿升发来的珍贵短信,我一共才读了三次。

一年的飞跃

♀

在冥王星的附近,卡隆卫星一直在其身旁陪伴。

冥王星和卡隆卫星间的距离很近。两颗星球以同一周期旋转,所以它们总用同一面面向对方,乍一看,仿佛在互相凝视着彼此,又像是在牵手转圈圈。从冥王星上看,卡隆卫星总位于天空的同一位置,一动不动。

八月给我的印象是蝉鸣如泣,以及被烈日灼烧的柏油路。从阴凉的地方放眼望去,是个雪白的世界。蔚蓝的晴空,还有游泳池。

但这里是太阳系的最外缘,一片黑暗。

夏日的艳阳无处可觅。

2047 年 8 月。

我们在冥王星轨道上。

追踪者被固定在升降台上,每天我都会不厌其烦地从驾驶舱内眺望如恋人般偎依在一起的两颗星球。当下,四艘宇宙飞船的科学调查部正在调查两颗星球的表面,还没轮到我们出场。

假如发现了从轨道上无法确认的场所,或是可疑的地方,就会派我们前去侦察。

但即便降落,周围也定然漆黑一片,完全看不到什么景色。比如,拿被厚厚的冰层覆盖的卡隆卫星来说,我还有点想去见识下,但对笼罩于甲烷中的冥王星,我是一丁点儿兴趣也没有。

太阳光照射不到那里。

应该会很冷吧?

追踪者内的温度持续在 19 摄氏度,不过心情却在低温段徘徊。我坐在座位上,不由得抱紧了双膝。

"好冷哦,阿升。

我讨厌这里……"

我只输入了这几个字,然后像往常一样,再全部删掉。我不想给阿升发消极的短信。我希望阿升以为我每天都很精神饱满,每天都过得很开心。无论我身处何地,我都想让他意识到我不会改变。

我只想告诉他好消息。

我不想让他担心,我期望自己可以成为自立解决内心问题的人。

最近,我没有继续确认短信预计接收的时间。

因为再这样下去,我一定会变得不正常。

"阿升,我现在在太阳系最远的冥王星这儿。"

输入新的文字后,感觉不错。

"我们离开地球已有半年,
里希提亚舰队从木星开始就一直在做调查,
但结果哪里都没能发现塔尔西安的痕迹。

只找到了一架新视野号探查机,

它在很久前返航失败,于冥王星圈下落不明。

由于迟迟没有成果,上面貌似很着急。"

新视野号是2006年发射的冥王星探查机。它接近并穿过了冥王星,将调查数据发给NASA后,本该穿过柯伊伯彗星带飞往太阳系外,但因机械出现故障,无法顺利运行,之后便杳无音讯。

后来,发现这架探查机正围绕冥王星旋转着。可是,以它的飞行速度完全可以脱离太阳系,根本不会被一颗小小的冥王星的重力束缚住,所以这一现象太不正常了。也正因如此,科学班内发生了一阵大骚动,甚至差点陷入恐慌。

我对探查机很有兴趣,于是让他们带我去看回收的机体。它被放置在里希提亚收纳样品用的集装室内,看上去比想象的要小很多。起初我还以为它会是个和大型火箭类似的物体,但实物连个人都装不下,宛如美术教科书里的现代艺术造型。

小小的机械上装有大型蝶状天线，出乎意料的是，我竟对这个小东西感到十分亲切。在轻度震惊之余，我很快就接受了眼前的这一切。

"阿升……
不过事实上，
我真的希望就这样什么也没找到，
最好能尽快返回地球。"

我自认为我理解新视野号的心情。他（暂且就当它是男生吧）不想飘到更远的地方，他不想永无止境地在远方旅途上彷徨，所以，他停在了这里。

我是这样揣测的。

看到他横躺在集装室的正中央，我不禁在心底为他感到庆幸。

（真是太好了呢。）

说完，我面露微笑。

因为它已被回收到了里希提亚上。

虽然还要再多花些时间,但它很快就能回到地球了。

我自语道。

"再这样什么也没发现且顺利的话,

明年年初也许就能返航了。

哇,要是那样的话就好了!

尽管晚了一年,但我也能上高中了!

跟阿升上同一所学校!

没关系,以防忘记学到的知识,

我在这边也常常复习功课,

啊啊——不过晚一年上高中,

总感觉有些难为情哦!

有点像复读生和落榜生。

其实我就是落榜了嘛。

可我想上高中。

没关系的吧?学长!

啊哈哈。"

这时——

正当我和手机畅聊之时,刺激神经的紧急呼叫声骤然响起。

平日我从未听过如此悲鸣般的警报声。

"怎么了……"

不祥的预感注入我全身,一阵寒意从脑后游走到了手脚尖。

屏幕上闪烁的警告标志把笼罩在我四周的驾驶空间染成了红色。

画面被强制性地切换到周边宇宙区域的3D俯瞰影像,与此同时,让人不悦的冷静的英语命令信息也在驾驶舱内回响。

【确定相距两万米的直线轨道上发现了塔尔西安。】

唉……

敌人……?!

真的吗?!

在冥王星卫星轨道上呈"十"字展开前行的舰队光点投射在屏幕上。

不是吧……

我无力地自言自语。

【第1到第4追踪者舰队准备战斗。】

会发展成战争吗?

我也要出动? !

什么是战争?

什么是战斗?

我不喜欢……

播音一结束,追踪者便排成一队,开始移向轨道。

我的追踪者也立即自动运行起来,随后被慢慢运往弹射准备室……

明明塔尔西安不可能会再出现。

明明不能出现。

不能出现的东西是不会出现的。

我很想责难自己的深信不疑。肺部有点痒,心急如焚。追踪者以一定的速度被稳步送往初战空间。

在感觉到它徐徐移动的同时,我几乎快要哭出声来。

初战?

没错，这是实战。

与发动袭击的敌人进行战斗。

杀戮。

升降机载着我的追踪者缓缓前行。我离那个"不想被人杀死，就要杀掉对方"的世界越来越近了。

战斗。

战争。

难道……

我将被放逐到那种地方去吗？

太不公平了。

机体"咔嚓"一声停止了，感觉有些向前跌撞。

眼前的全方位屏幕上显现出一条黑色的通道，通道上只有一盏橙色的安全灯，从灯泡中倾泻而出的光亮向前延伸。

是电磁弹射器。

大炮会把我发射至嗜血成性的袭击者所在的地方。

我全身如被针刺，想要抵抗的欲求涌上心头。然而，在追踪者发射之前，我没有一丝摆脱的自由，因为这是规定。

秒表开始倒计时。

2……1……

重力被机械减弱,我轻到极其不自然,从前方倒向了后方。

我在阳光几乎无法照射到的黑暗真空中飞跃。

这时的我突然忆起了上小学时举办的文艺汇演。

不知是哪里搞错了,我莫名其妙地成了第二主角。

正式演出时,我吓得直哆嗦,出场时更是不敢迈上舞台。这时,有人突然从身后猛地推了我一下,我踉踉跄跄踏上了舞台。眼前的观众席一片漆黑,都不知道是哪些人坐在下面观看。

那时跟现在一样。

真想别再被强行推上阵了。

因为我总是无法持以正确的心态从容冷静地面对现实。

我想回去。

回到里希提亚。

回到地球。

回到阿升所在的地方。

我将身体大幅度地朝左右扭转,再上下弯伸,我想用自己的双眼确认四周的情况。

我无力反抗,为了苟延残喘,我必须工作。

四艘战舰发射的蓝色流星正拖着尾焰划落。每颗流星都与我一样被推向战场,它们是追踪者。

这时的场景竟然也很壮观。

我听见自己的呼吸声。

急促且紊乱。

还有如小动物的心脏般轻快的心悸。

追踪者的飞行员并不会在战斗中与同伴合作携手攻击。

追踪者只在移动时才会编队。战斗时各自都有自己的对手,只能全力孤军奋战。

因为宇宙太过辽阔,所以只能这样战斗。

已经再也无法和某个人携手共进了。

空战就是这样,所以战斗机飞行员有资格在坠机上留记号,毕竟战果尽是他个人的成果。

周围没有一同作战的伙伴。在广袤的宇宙中,视野范围内几乎很难出现同伴的身影。

会不会有人已经在战斗了?或者是在某处强忍着恐惧,战战兢兢地开着枪?

"呗——""WARNING"开始鸣响,与此同时,我的身体变僵硬了。

三机编队的塔尔西安正从右下方横飞过来。

而我则如同潜入水中般变换角度,正面朝向塔尔西安。

我打算从后方追踪它们。

可是,那三个目标突然沿直角拐了个弯,冲我飞来。

要撞上了!

幸运的是,只差一丁点儿就要撞上了。

瞬间——

光芒和冲击将我包围。

剧烈的震荡及摩擦向我袭来,接着停止。擦肩而过的塔尔西安向我发射了等离子炮弹,而我则如同被母亲痛揍了一顿般怔住了。我和追踪者被炮弹直击了,红色警告、蓝色警告还有黄色警告充斥着整面屏幕。塔尔西安采取了一击脱离的战术。

　　结束了。

　　我死了。

　　我心想。

　　但我还活着。我毫发无伤，追踪者也是。防护盾接住了没有实体的炮弹，并将其中和了。警报高鸣，意在警告我防护盾的耐久力降低了，距离恢复需要花费很长时间。假如立即再度沐浴于枪林弹雨之中，我必定会化成宇宙的尘埃。

　　这是我有生以来首次距死亡如此之近，我很害怕。

　　此刻，我的血压以即将从脑部内侧爆裂开之势急速上升，心脏疼痛难忍，呼吸也在轻轻抽动。好恐怖！好恐怖！好恐怖！！

　　就在刚才，我已经死过一次了。

　　但，追踪者保护了我。

　　我第一次切实地感受到了追踪者的防御能力。

　　我还活着。

　　活着……

"必须击落它们!"

我调整好方向,出发追捕塔尔西安。

追了几秒后,终于从正面发现了塔尔西安。

它或许比追踪者大一些。看似软绵绵的银色机体长有几根白色的不知是鳍还是手或脚的东西,类似深海生物。

作为常识,我知道塔尔西安是一种可以适应真空的生物。

它们如滑动般嗖嗖嗖地移动着。

来自生理反应的厌恶感从体内冒出。

为了防止其逃跑,我迅速回旋,以至于脑袋都被震得嗡嗡作响。

我用双眼瞄准,然后果断地扣下了扳机。

身后六枚诱导弹就像被解开的猎犬,拖着烟尾直追那令人毛骨悚然的生物。

看见塔尔西安采取回避行动后,我按照系统辅助的提示,绕至其身后。

诱导弹一直在穷追着敌人。六枚弹丸死死咬住编队后方的两架机体,终于,那两只塔尔西安爆炸了。

爆炸的规模超乎我的预想。冲击立马向我袭来,我不由得畏怯地闭上了双眼。

闭眼这种动作是最不可取的行为。

此时,剩余的最后一只塔尔西安已以骇人的速度急转冲至我身旁,我被它紧紧相逼。

眼前那庞大的闪闪发亮的滑溜溜的东西就要——

撞上了!

我会被击中。

我压根儿没反应过来,全身缩成一团。我完全失去了训练时的机敏,置身于宇宙间的身体一动不动地僵硬着。

啊啊!

不行了。

这次真的——

结束了。

之后我才察觉到,人能将瞬间细分成更短更短的一瞬,然后在其间呢喃不少话语。

它没有撞上来,也没有攻击我。

以破竹之势猛冲的塔尔西安似乎要将我碾得粉碎。

可不知为何，

它在我眼前停住了。

停止的这一事实不停撞击着我的意识，由于太过震惊，以至于我只能暂时将其理解成是那只生物瞬时消除了惯性，在我面前停下了脚步。

眼前的塔尔西安把它那光溜溜、毫无凸起之处、看似液体金属的银色肚皮摆在了我面前。

什么……

"什么……"

我与它面对面相持了一会儿后，哽咽在喉中的话脱口而出。

眼前的塔尔西安，

它那胖乎乎、白软软、如同手脚般的触手正在空中摇晃。

这是怎么回事……

当我在脑中呢喃之时，它动了。

塔尔西安银色身体的左右两边各有一部分突然向我伸来。

那部分开始生长出两根细细的看似枯木的白棍子。

之前在理科教材的录像带里见过埋于土内的种子破土而出的景象，而塔尔西安伸展的样子就是那副模样，白色的枝头滑溜溜地朝左右两边伸展。

枝头长出小枝头，小枝头再延伸出更小的小枝头，塔尔西安的身体如网眼般蔓延。

这时的我依旧沉陷在恐慌中，没能采取任何措施。头脑因恐惧及混乱而加速运转的同时，我木讷地注视着塔尔西安的举动。

枝叶网眼开始变得像手掌心那样温暖，我的追踪者被严严实实地裹住了。

静静地。

如同用双手捧着幼苗般。

如同用十指守护着弱小无助的雏鸟般。

塔尔西安的双手软软地裹住了我。

防护盾在我四周展开，枝叶暂且还无法直接触碰我。

可是，塔尔西安的双手仿佛牢笼，紧紧地箍住了我，只预留了些许缝隙。

我怔怔地看着眼前的这一切。

专业船外活动飞行员曾告诉我在宇宙中死亡的事，尽管我并不想知道这些事，但最后还是知道了。

保护肉体的装甲破裂，人窒息后体液沸腾，最后结成坚冰死去。

抑或是被等离子弹丸焚烧，瞬间分解成原子。

他说一般都是这两种情况。

我漠然地思考自己要是死掉的话哪种方式较好些，可以的话，还是后者吧。

但现在到底是怎么回事？

我依旧恍惚，没反应过来。

我被裹在白色的鸟笼中，鸟笼就是塔尔西安的双手。它的身体正面朝向我，如直立一样一动不动地停在眼前。四只翩翩飘荡的胖乎乎的触手长在相当于人类手脚的位置。仔细打量，发现其头部还长有不知名的白色器官。

那个器官伸长了脖子，朝向我这边。

估计是察觉到了我的反应，它正注视着我。

而后，塔尔西安小小的脑袋裂成了两半。

它在凝视我。

从那儿突出的是——

眼睛。

只有黑眼珠的巨大眼球。

一只大大的眼睛。

球体,超级透明,有虹膜,有瞳孔。

它的瞳孔紧紧缩成一条线,正望着我。

塔尔西安——

用那只眼睛——

看着——

——我。

我,

大声惨叫。

全身缩成一团,

一次一次又一次地,

大声惨叫。

大声惨叫。

大声惨叫。

追踪者有反应了,

它伸出右臂,

因为火药连续爆炸的关系,它的右臂在颤抖。

臂上的加农炮朝眼球发射。

炮弹一颗接一颗。

巨大的眼球瞬间爆炸了,

化为透明的液体四处乱溅。

塔尔西安的脑袋掉下来了,

然后,红色的,相当鲜艳的红色液体,

在宇宙空间内喷溅。

那是如赤雾般的液体。

纷纷扬扬地散落。

是血。

不过血液并没冻结,细细的血粒飘散如絮,一点点蔓延开。

在爆炸的同时,一阵低沉的声音响起,有点像呻吟,又有点像呐喊。

声音不应该响起。

这里是真空。

可我确确实实听到了塔尔西安的声音。

号叫。

大声惨叫。

塔尔西安在——

大声惨叫。

清除完枝叶后,我什么也没干,只是飘浮在宇宙间。

我使劲摇摇头,大滴大滴的汗珠被甩飞,继而被导管吸附。

胸口还残留惨叫的余音,只觉得火辣辣地疼。

那是什么?

那是——什么?

疑问一直在脑中打转,不过现状不容我深入思考。

警告轻声响起,3D 宇宙俯瞰影像自动启动。

用线条框架描绘出的庞大的冥王星及卡隆星显现在屏幕上,而轨道上的里希提亚舰队等四支舰队则用三角形表示。

卡隆星的背面出现了由无数光点组成的墙壁。那些细小的光点密集在一处,形成一堵墙,徐徐靠近舰队。

难道说……

过度冷静的英语命令信息在我的驾驶舱内回荡。

【确定距离 12 万米外有塔尔西安群体的踪迹。】

【为了尽快逃离,全舰采取一光年超空间运动。】

从舰队的记号处伸出一个黄色箭头,穿过塔尔西安之壁后延伸到了更远的位置。箭头的距离很远很远,为了将其表示出来,3D 影像的拍摄位置在不停向后退。冥王星越发变小,箭头停止的地方是……

太阳系之外的地方。

没有星星的地方。

等……等一下。

超空间运动?

从塔尔西安手中获取的超空间运动体系还存在很多未解之谜。我记得以前听说过,使用该体系的话会造成负担过重,全舰只能各使用一次。

一光年？

【各追踪者，紧急返回。】

"等一下啊！"

我不禁大喊。这句话并不是对里希提亚号说的，而是对目前的状况所说。

我最先想到的是发短信。

给阿升发短信！

我将一去不复返了。

我要用手中仅有的一张单程票，去往以光速都要飞行一年的地方。

怎么会这样……

我要让阿升等我一年。

短信送达至阿升所在的世界就要耗时一年。

必须现在就告诉阿升这件事。

我有一年的时间无法联系上阿升。

杳无音讯的一年内，谁都不再等我。

没有人会痴痴地等待一个完全失去音信、从未许下任何诺言的人。

我将手伸入置于驾驶舱另一端的袋子里摸索。

可是什么也没摸到。

明明放在那儿的手机不见了。

"在哪里？！"

我不禁尖叫了一声，四处寻觅。我的手机不知何时飘到零重力驾驶舱的上空了。

正当我打算从控制装置上起身抓回手机时——

敌袭警告的红灯开始闪烁。

还没等我反应过来，追踪者就已然沐浴在青白色的能量弹雨中了。眼前的各种显示仪都在发出悲鸣，防护盾仪表的刻度再次降低，我又一次与鬼门关擦肩而过。

我连忙启动三次元逃离系统。

出现一只新的塔尔西安。

它没有靠近，却与我保持一定距离，如夏日里的苍蝇般对我纠缠不放。然后，开始发射青白色的无形子弹。

我看了眼塔尔西安，继而瞟了下手机。

"拜托！让我发条短信吧！"

我一边吼叫，一边发射主炮。新的塔尔西安速度很快，行动更是无规律可循。应该没有打中吧？这时，敌人向我发起攻击，我感觉自己的身体骤然冷却了下来，同时拼命躲闪。

塔尔西安从远处开火，我躲过去了。

躲过去了。

手机。

回击。没击中。

短信！

【2号机，请火速返回。】

里希提亚在指名呼叫我。

"让我发条短信吧！"

屏幕上自动显示出里希提亚的倒计时。

此时，塔尔西安从我身后绕过，瞬间逼近。

它停在了我跟前。

枝叶开始蔓延。

不要妨碍我！

追踪者的反应比我的意识还要快，它启动了左臂上的格斗用粒子刀，只见金色的加速粒子刀从其手腕处伸出。

我撕碎了塔尔西安。

仿佛一场凌迟,

它被撕得面目全非。

红红的,鲜红的血液四处飞溅,我的眼前一片血红。

这些都无所谓了。

短信!

我抬头仰望。

手机处于无法伸手即取的高处。我望着它在无重力的状态下缓缓飘浮,紧接着"啪"的一声撞在了屏幕上。

倒计时像是在催促我,开始发出尖锐的电子音。

后下方是里希提亚。

里希提亚的船体正被细小的光粒子层层覆盖。

短信……

正当我要嘀咕时,

口中却蹦出了另一句话。

"必须返航……"

我……

犹如没看见飘浮的手机般,全力驱动追踪者,飞向里希提亚的返航舱。

在我着陆返航舱数秒后,
视野内的一切都笼罩在了金色的光芒内,
它们像碳酸饮料的泡沫一样,上下沉浮,
时间如同回到了原点,不寒而栗的感觉浸透全身。

我被运送到了亚空间。

我为什么

♀

我被超空间运动的异样感包围。

我抱紧膝盖,把头埋在双膝间。

一年——

那时我为什么没说出自己喜欢阿升呢?

我为什么没跟他约好等待彼此呢——

13477536000000
♀

不知过了多久。

周围很安静。

我没跟任何人通信,警报也没响起。

无意间,一种自己背叛自己的感觉向我袭来,就像穿反了袜子一样。

稍微抬起头,发现追踪者已带我回到托架上的固定位置,屏幕上显示的是熟悉的配备仓库。

我单手操作,让宇宙在所有的屏幕上映射。

冥王星已不在视野内……

眼前只有漆黑的星空,清晰得让人不舒坦。

这里是哪里呢?

从理论上来说，我可以理解。

可内心却一直在询问这里是哪里。

我不知道。

我不知道。

我甚至连寻找手机的勇气都丧失了。

随着空气的循环，手机飘到了我用手即可够到的高度。

我将手伸向它。

那冰冷的外壳刺痛了我。

我鼓足勇气，目光落在屏幕上。

"没关系……"

我又开始呢喃着这一咒语。

"没关系……没关系的啦……"

我为何只能发出如此细若游丝的声音？我的喉咙在痛苦地嘶鸣。

我摁下按键。

屏幕上显示的是方才输入的短信。

当然，我还没发送出去。

很久，很久很久以后我才启动了短信传送预算功能。

距离收件人：13477536000000km。

距离收件时间：1 年 16 天 12 小时。

我无力地笑了。

数字为何如此滑稽？

多么滑稽的精准度啊。

到底是谁需要这种数学性的精准度？

算了吧。

我删掉了这条短信。

仅留下了写自己的那部分内容。

"没关系的啦，学长！

啊哈哈。"

我不敢正视，继而摁下清除键。清除键、清除键、清除键，我摁了又摁，一次又一次，最后，半个文字也没了。

我拼命地摁清除键。

再摁一次。

一直摁着。

全都删掉了。

尽管文字都被删除了,可我依旧用力地摁着清除键,没有松手。

广　播

♀

铃声响起。

我再次摁下按键。

熟悉的广播声正悄悄潜入鸦雀无声的舰内,在室内轻轻回荡。

起初我很好奇,这个声音到底是谁发出的呢?我只知道那是一个女人的声音。

为何这个声音总是如此客观中立?为何它能不夹杂任何感情色彩地通知令人惊愕、失落,甚至绝望的消息?

【塔尔西安群体持续进行着超空间运动,目前接近中。】

那个声音如是说。

【四十八小时后，本舰将经由太阳圈捷径锚点。】

【长距超高速飞向天狼星 α·β 星系。】

【飞行距离 8.6 光年。】

【目前还没找到返回的捷径锚点。】

我的手指停止了摁动。

拿着手机的那只手变得无力，垂下。

我已激动不起来了。

是啊……

要使用捷径锚点了……

捷径锚点是塔尔西安在宇宙中挖掘出来的亚空间通道，一瞬即可半自动地被运送到几光年以外的出口。

但，它是单行道。

啊啊……

这是一段即便以光速也要花上八年的距离。

【请全员尽快联系地球。】

没关系……

"没关系……的啦……"

我感觉自己的身体在不听使唤地颤抖,我用双手捂住了脸颊。

我 们

♀

邮件主题：我是美加子哦♡

收件人：寺尾升（noboru-t@xdsl.ntt.jp...）

发送时间：47.08.04.4:46am 预计接收时间：48.08.20.5:28pm

喂喂，阿升！

好久不见！

我是美加子哦！

我说，一年不见的阿升还好吗？

没忘记我吧？

♀ 爱的絮语

时隔如此之久才给你发短信,真是抱歉。

嗯……现在我的心情还久久未能平静下来……

该怎么说才好呢?

里希提亚号就在刚才瞬移了一光年的距离。

但我并没有切实度过这一年。

我现在还是十五岁哦。

对阿升来说的一年前,

对我来说却是三十分钟前,在冥王星附近,

我们首次遇到塔尔西安,

并展开了战斗。

塔尔西安人多势众,

我们毫无胜算,

所以里希提亚舰队通过超空间运动逃离了现场。

我没有空闲联系你,刹那间,

我和阿升拉开了一光年的距离。

里希提亚号马上就要……

里希提亚号马上就要进行长距离瞬移。

目的地是 8.6 光年之外的天狼星。

当你收到这条短信时,我已经在天狼星上了哦!

今后短信传送的时间

需要 8 年 7 个月……

对不起。

你说,

我们是不是像分隔在宇宙和地球间的恋人?

对不起。

对不起。

冰激凌

♀

2047 年 8 月。

我在天狼星 α·β 星系。

眼前的宇宙非常陌生地出现了两个太阳,我沐浴在青白色的光芒中。

地球现在也是 2047 年 8 月吧?

因为 2047 年 8 月无论走到哪里都是 2047 年 8 月。

不过我对时间和距离的感觉已变得不再那么清晰了。

天狼星是十分古老的双子恒星。

我们所在的舰队已进入这一恒星系内,正朝着两个相依相守的太阳前行。

有两个太阳——仅仅这一点就让我很眩晕了。倘若这种显而易见的区别不存在的话，我还会心生一种眼前皆是梦境，自己已经回到太阳系的错觉。

从地球上看，那是颗蓝色的恒星，现如今近距离审视，依旧是蓝色。

不，恒星本身发出的光芒是白色的。但天狼星散发在周围黑暗中的余光是深深的蓝色。

它让我不禁忆起了那个在夜色中散发出青白色光芒的便利店。

便利店很孤独。

在夜深人静的漆黑中，它不得不独自伫立在那儿散发出青白色的光芒。

我喜欢半夜从家里跑出来去便利店。之前有段时间有些轻度失眠，于是那时养成了这个习惯。因为便利店一天二十四小时都在营业。

当时的我只是觉得很便利，对转换心情也有所助益。

然而，深夜形单影只地伫立在与周围不同的时间里，是一件多么，对——

多么悲哀的事情。

上世纪人类便知道天狼星拥有恒星系，但我们却是用肉眼观察这一景象的先驱。

舰队朝围绕蓝色太阳的恒星前进。

同在太阳系一样，我们将在这里探索塔尔西安的都市。

我的身体在无意识间记住了起航程序的所有步骤，于是，在半梦半醒的状态下，我在里希提亚的底部投掷管道中缓缓降落。

管道起航的方式是沿着重力降落到船外，比起弹射器，我更喜欢这种起航方式。

因为感觉更自由。

到达管道尽头即可脱离舰船的人工重力，感觉轻飘飘的。我的驾驶舱被窗外柔和的光芒浸裹，下方嫩绿色的行星堆满了我的视野。行星温和地反射着天狼星的光芒，照耀在我四周。

那是颗圆形的星球。

那种圆形，

稳健却又恬静，令人不禁想要用手指描摹出那完美的曲线。

有云朵，有大片的水，还能看见陆地。

这里是卫星轨道。

这里是天狼星系之第四行星。

这里被称之为阿格哈塔。虽然不清楚这个名字有何蕴意，但总感觉发音和这颗星球不太搭。

阿格哈塔在呼唤我。

它在用引力牵绊住我。

我没有做任何抵抗，任凭行星将我捕获，然后自由落下。我喜欢自由落体。

我认为自由落体是一个与"爱"相近的概念。

随后绝热压缩启动，我开始感觉到阵阵赤热。

一小队的九架追踪者组成编队飞行于阿格哈塔的空中。我觉得那颗星球真的很像地球，有天空，有云朵，还有海洋。

大气的组成成分貌似也和地球差不多。

薄薄的云层铺展开来，看上去跟刚从洗衣机中取出的衬衫一样皱不拉几。

青草丛生，树木繁茂，两者组合后就是森林。

还有动物出没……

我从上空发现了动物的踪迹，于是扩大指定位置的影像。那只动物长得很像鹿，也就是说，是那种长有如枯木般犄角、仰天长啸的四脚动物。

——真是奇迹呀。

在和地球距离太阳几乎相同的位置上竟存在一颗与地球同等大小的行星，这里有水源，有大气，还有呼吸氧气的动物……

这也太天文学了……没错，这等精准很有天文学气质。

可是，在发现它与地球拥有更多相似之处的同时，其不同点也越发彰显出来了。

因为颜色不同。

这里飘浮的云朵稍稍偏紫色，或许有些像香烟点燃后飘升的烟雾颜色。天空和海洋呈绿色，但不是很深的绿。这抹绿很是柔和，并不似画画时调好后矫揉造作的那种绿。再加上植物的颜色，绿色就是这颗星球的基调色。

而且还有月亮。

阿格哈塔的空中有两轮明月，一轮体积超级庞大，几近埋没天空一角。飞行时看见它，正如一堵墙壁般，偶尔还会担心不小心撞上月亮。它那坑坑洼洼的表面，用肉眼即可看清。

另一轮明月则很小。它明明就在很近的地方围绕阿格哈塔转动着，可看上去依旧很小，因此，其体积之小可见一斑。两轮月亮朝同一方向运转，乍一看，仿佛是在你追我赶。

无论哪轮月亮，都呈冰冷的银色。

结合起来看，就是两轮银月环绕一颗绿星。

此时此景不禁让人潸然泪下。

我总感觉这里很像苏格兰高地。当然，我并没去过苏格兰，只见过电影里它的景色。倘若换作地球，眼前这番风景就只能在 CG 电影里才能观赏到。

当下，我身处远方。

无论时间还是距离，都离阿升越来越远。

这里和地球截然不同。

因为没有阿升,阿升不在这里。

他所在的是有宇宙港口及便利店,有钢筋柏油路及公寓的城市。

那儿是我的世界。

我的地球。

明明追踪者的飞行速度如此之快,可为何就是不能飞往阿升所在的地方呢?

尽管这里有绿莹莹的天空,

有银闪闪的月亮,

但我并不渴望看见这些。

为了进行分散调查,我很快便着陆了,我已不想再飞翔。此时,我站立在芳草萋萋的草原上。

可是,我并没感觉自己站在地上,只是追踪者的双脚踩在草丛里而已。换言之,我仍在控制装置内。由于视觉问题,驾驶舱的屏幕上无法显示追踪者的手脚,唯能看见被踩踏的地方凹下去了,并且留有大大的脚印。

自己看不见自己手脚的感觉还真奇怪,就像变成了透明人一样。

向前迈步,追踪者的脚印一个接一个地留在身后。

我在走路。

草原上细小的花儿正开得灿烂,而我那拥有巨大力感的双脚就踩在这片繁花似锦的草原上。每次落足于草丛,地面就会凹陷出一个四角形。

受我惊扰,昆虫和鸟儿都被吓飞了。

我沐浴在阳光下。确切地说,是沐浴在天狼星的白色阳光下。

"这只是一小步……"

我轻声自语,但立马又陡然地沉默了。

里希提亚那冷静的定时广播再度响起。

【从第一调查队到第十二调查队均没发现塔尔西安的踪迹。】

她这样说。

里希提亚在这颗星球上未能发现塔尔西安的遗迹,所以我们才着陆了。既然捷径锚点与该星系相连,那就一定会在某个地方留下什么痕迹。

可放眼望去，没有任何人工物品。

也没有任何智慧生命体生存过的痕迹。

这是个只有自然的星球。

我的钢铁巨足一步一步地踩在这片土地上，

留下了一串串不自然的四角形脚印。

我停下脚步。

一想到我的存在会给这颗美丽且美得过头的星球带来伤痕，我就有些忐忑不安。总觉得自己做的事与这儿的氛围格格不入，有煞风景。而这种感觉就像不小心穿着不得体的制服走入了金碧辉煌的酒店一样，如坐针毡。

白色的日头越发强烈，照亮了驾驶舱。

不过隔着追踪者，我并不能亲身感受到阳光的温度。

日光和煦。

也许是看我止住了脚步，鸟儿也安下心来，交错地飞到我身旁。

声音监控器内传来了鸟儿的啁啾声。

鸟儿在啼鸣。

我恍惚地注视着眼前的景色。

很美。

很美。

然而,我却依旧郁郁寡欢。

因为这里如此之美,

而我却茕然一人。

无人与我一同分享这等美色,哪怕只是片刻。

哪怕只说一句话也好。

"好美哟。"

如若两人能这般相互认同,这片美景就属于我,也能成为我心中休憩的场所。

这颗美丽的星球,

这片温馨的景色,

永远也不会属于我。

周围的景色似乎被我的心情感染了般,云朵疾速飘移,开始渐渐遮掩住天狼星的两个太阳。

不过云层薄厚不一,飘忽不定,无法完全遮住太阳。白色的阳光透过云层,从云缝间洒落,如笔直的光柱倾泻向地面。乍一看,恍惚间神似希腊神殿……

我心中的阿升或许会说：

"啊啊，那是所谓的天使的梯子呀。"

阿升偶尔会这样，说一些超级浪漫的话。

凝望那缕缕光束，感觉也许真的会有天使翩然飞舞。就在这时，雨点滴滴答答地落下，是太阳雨。

下雨了啊！脑海中刚发出这一感慨，雨便倾盆而下。雨水流入追踪者留下的脚印里，越积越多。

啊啊，要淋湿了……我条件反射地想着，抬头仰望天空。

雨滴从正上方砸落，如冲凉般。当然，我并没淋湿，因为追踪者的驾驶舱不会受到任何外界环境的影响。

不过话说回来，雨势真的很大。

雨水在短时间内快速冲洗了一遍空气及地面。这时，雨点突然停止了，天气像个时而哭泣时而欢笑的孩童，真是场痛快的阵雨啊。

话说，外面的气温大概多少度呢？

"好想被雨淋啊……"

不经意间，我自言自语地感叹道。

我回忆起了那一天。

那日的雨也是这样说来就来,刚走出便利店就突然下了起来。

我和阿升两个人一起飞奔,跑上那段石阶,冲进车站。

虽然被淋得全身湿透,却很开心。

我很高兴两个人能一起淋成落汤鸡。

之后……对了,我们一边晾干衣服,一边吃着小份的甜甜圈。我很喜欢那种一口即可吞下的巧克力冰激凌,喜欢不咀嚼就在嘴中融化的感觉。

"好想去淋雨啊。"

我发自内心地说。但我不能走出追踪者,因为不确定外面会有什么病毒或污染物。

这里不是我的容身之处……

我的手心能感觉到飞速落下的雨滴。

不知何时,雨滴从我的眼中簌簌垂落。

"我想和阿升一起去便利店吃冰激凌……"

我的胸口在抽搐。

"阿升……"

胸口止不住地抽搐着。

每次一抽搐就同汲水一样,水滴会自然而然地流落。

抽搐让我感觉很难受。

下雨。

冰激凌。

抽搐。

堵在喉咙里的自己的声音。

下雨。

独自一人时下的瓢泼大雨为何令人如此狼狈不堪?

我不想一人孤零零地被雨淋。

"冰激凌……我想回去……阿升……"

我泣不成声。

泣不成声。

我吸了下鼻涕,感觉喉咙被堵住了。抽泣的声音变为胸口的呜咽声,而呜咽声再度汲出了泪水,它滴落在我手心。我不想一个人淋雨,尽管意识告诉我别再哭了,可越是这样,我越是哭得厉害。

我想回去。

已经够了,我想回去。

"……我想,我想,回去。"

声音受哭泣的影响,断断续续,无法连贯。

我哭得像个孩子。

我在衬衫上蹭了蹭被打湿的手心,再用袖子拂去脸上的泪痕。

衣服都被滴湿了,感觉很不舒服。

现在的我连风都触碰不到。

自行车。

我又想起来了。

我和阿升一起骑过自行车,我站在踏板上,抓住他的肩膀。

啊啊,真是奇迹啊。

在同一个地方,面向同一个角度,

以同一速度,朝同一个方向移动。

当时,那梦幻般的瞬间确确实实是属于我的。

虽然在浩瀚的银河系中,星辰遥隔一方,大家各自都在自己的轨道上运转。

可我想回到——

那段时间，

那个地方。

我要回去！

紧接着，我又开始绝望地计算，尽管先前这被我无意识地避开了。

没错。

现在立即返航的话……

八年零七个月即可回到阿升所在的地方……

不行。

我……

大脑冷静的判断告诉我，超空间运动的路线已被烧毁，捷径锚点是条单行道，而距离是 8.6 光年，最终得出的结论很简单。

这是谁都一目了然的结论。

8.6 光年和无限没有区别。

我赤足奔向往下延伸的楼梯。

啊啊——

我已经无法回到地球了。

这辈子都回不去了。

监测我精神状况的精密系统发出了"哔哔哔"的警鸣声,血压、心跳、脑波、意识程度……我的追踪者在询问我是否安好。

它问我:"你还好吗?"

"怎么可能安好!"

现在依旧

♀

我将我的声音发给时间、空间均在另一端的人。

邮件主题：我在这里哦

收件人：寺尾升（noboru-t@xdsl.ntt.jp...）

发送时间：47.09.16.01:35am　预计接收时间：56.04.28.07:35pm

24岁的阿升，午安！

我是15岁的美加子哦。

嗯，我现在依旧还是超级超级

喜欢阿升你哦。

时　间

♀

距短信送达还需 8 年 224 天 18 小时。

喂

♀

喂,阿升。

在你收到这条短信的 8 年 224 天 18 小时后的当下,我依旧还是超级超级喜欢你哦……

谁

♀

"一定要收到……"

我攥紧了手机。

距离如此遥远,或许压根儿就收不到。而且,以前也没有任何从相距好几光年的地方使用超长距离短信服务的先例。如果他能收到的话,就是奇迹了。可是,我真的希望无论如何他都能收到,希望他能看到。

我想把我的心情告诉阿升。

那日欲言又止的心情。

挥笔打算写信的那天,我却怎么也写不出半个字。

我闭上双眼,俯首祈祷。

啊啊,我为何现在是在这种地方?

可我现在能说出口了。

我喜欢你。

想跟你一起仰望雨过天晴的天空。

想跟你吹同样的风。

想跟你一起眺望深邃到有些可怕的星海。

我喜欢你。

一定要送到。

一定要送到。

我永远都不会忘记当时发生在我身上的事,可与此同时,我觉得自己并没完全理解这一切。

总而言之,那是手指。

带着体温的、温暖的食指。

在我紧闭双眼、俯下身子时,那根手指碰到了我。

好了,抬起头。

它好像在说:

谁?

为什么？我还没来得及产生这一疑问，体内的信息便全被抽出来了，它们一条条映射在我的意识表层，像幻灯片一样以迅雷不及掩耳之势滑动。这些全是我的记忆，有我还记得的记忆，也有被我遗忘的记忆。我和守护着我的那个人将尘封在我内心深处的所有信息都扫描了一遍，当我出生来到这个世界时，我是个皱巴巴的婴儿。三岁举行七五三祝贺仪式①、幼儿园、表妹小亚矢、看见彩虹、小学、游泳池、吵架、爸爸不再回家、坐在公寓的紧急楼梯上仰望皎洁的明月、训练结束后取下面罩时汗水瞬间冷却的舒适感、同阿升两个人去新宿游玩、两个人乘坐过的电车、把头倚在阿升肩上、夏日的天空、黄昏的天空、雨过天晴的天空、两个人骑过的自行车、夏日的风、编队飞行的追踪者、世界的尽头、绯红的大地、星之海、星之海、星之海、塔尔西安的眼球、塔尔西安的眼球、塔尔西安的眼球、独自在夏日的归途上步行、晒焦的柏油路、白色的反射、炙

---

① 七五三是日本独特的一个节祭日。在男孩5岁、女孩3岁和7岁时，都要举行祝贺仪式，这就是所谓的"七五三"节。——译者注

热的阳光、孤零零伫立在我眼前的独眼宇宙人、我遗失了的书包、舞台暗转、忘却、便笺、粉色的便笺、只写有"寺尾君收"的那张便笺——

不知不觉中,雨停了。云朵快速流转,遮住绿意盎然的大地的云影渐渐消逝。强烈的日光照在草尖的雨露上,闪闪发光。

我的眼前出现了另一个我。

我像个天使飘浮在浅绿色的天空与嫩绿色的青草之间。

我也同样游离在绿色的世界里。

屏幕的接缝及各种显示窗口、控制装置都消失不见,追踪者从我的周围隐没,但我仍旧保持着身处驾驶舱时的高度,悬浮在半空中。

不,追踪者并没有消失不见,它只是暂时从我的意识中消除罢了。当我集中注意力四处打量时,驾驶舱切切实实就在眼前。可每当我转念注意另一个人时,这些碍眼的东西就会不见踪影。

我和另一个我融合成了一幅风景。

我眼前的另一个我还很孩子气。

大概是十岁左右的我吧。

她穿着像是长袍的带有风帽的肥大的灰色衣服。

看上去像个修道士。

不过那种灰与绿色的天空很相称。

我伫立在空中……

看着眼前出现了另一个自己,却并没感觉诧异。

"喂,你终于来了呀……"

她用稚气的声音向我发话。

孩童时的我露出了微笑。

"你们从现在开始会变成大人哦。"

幼年的我口齿不清地说着。

"不过想要成为大人就要经历一些痛苦……"

少小的我抬起左手,像是在给我指明方向。

我顺着她所指的方向望去。

直到这时我才注意到——

在我脚边不远处的地方出现了一道巨大的裂缝。明明刚才什么都没有，而现在却突然冒出了一个陷阱。不，整片大地仿佛变成了一只庞大的野兽，而裂口正如它那狰狞的血嘴，一直撕裂至远方。

裂缝里有一座城市。

细长的城市沿着细长的裂口向远处延伸。

那是一座石砌的城市。我曾见过，对，是塔尔西斯人及塔尔西安的大街。那犹如孩童涂鸦般幻想式设计的建筑群，雕琢于火山谷侧面的绝壁之上，继而形成被削刨出来的石城。一眼看上去很是破旧，应该是几百年、几千年都无人居住吧。

在这片自然风景中堆砌人工建筑时，它们是否也曾犹豫过？

我们目睹的塔尔西安的踪迹全是毁灭后的废墟。

是毁灭的塔尔西安。

是疼痛。

"不过，你们一定可以前往更远更远的地方。"

她继续说道。

我明白了。

我眼前的那个我其实是塔尔西安。

"甚至可以去到其他银河、其他宇宙,再远的地方也能……"

年幼的我突然改变了模样。

但我并没抓住她改变的瞬间,当我回过神来时,她的样子便有了变化。

她已经不是孩子了。

眼前的我拥有大人的身高及容貌。

长大成人的我出现在我眼前。

她看上去应该是二十五六岁左右。

我都未曾见过的自己长大后的模样。

那是我克服挫折后未来成长的方向。

眼前的我不容我拒绝,强行让我目睹了这一切。但我并不觉得愤怒或厌恶。

"喂,所以你跟我来吧。"

成人的我用成熟的声音说。

"我有事情想要托付给你们哦。"

成人时的我撩起头发,左手间有金属的光辉在闪耀。

无名指。

戒指。

那是？！正当我要高声尖叫时，金属的印象顺势埋没了我的视野。

视野里全是金属质感的生物。

无论孩童时的我，还是长大后的我，都消失得无影无踪。眼前只有一只塔尔西安，我看见它那刺眼的躯体及粗粗的触手。

那是曾在冥王星圈中见过的样子。

塔尔西安沉默地不停颤抖。

披着液体金属的身体在上下起伏。

然后，塔尔西安滑溜溜地脱下了液体金属制的衣服。

肉身的塔尔西斯人站在我跟前。

塔尔西安褪去铠甲的真实的样子跃入我的意识。

白白的。

细细的。

像铁丝一样。

几何学。

它有点像雪花结晶。确切地说，是类似星形的雪花结晶。没有关节，全身可以柔软地变形。眼前的塔尔西安已经脱掉了软绵绵的可伸缩的金属铠甲。

身体中间有一只小小的眼睛。

是白色星形的宇宙人。

啊啊——

我曾见过这个。

在地球上。

在那座城市。

可我却把它忘却了，但又感觉是它让我遗忘的。

啊啊，我知道了。正因为这样，我才会置身于此。

是它在呼唤我。

是电梯。

梦中的电梯升向了不可能抵达的屋顶。

怎么会这样……

"我根本就不希望发生这种事！"

我站在公寓的屋顶上。

大叫。

然后,哭泣。

啼哭时脑袋变得昏昏沉沉,于是我低下头,用双手撑住沉重的脑袋,捂住双眼,盖住脸庞。

"我只是想跟阿升在一起而已!"

夕阳下,我独自在空无一人的教室中俯首痛哭。

"我只是想告诉他我喜欢他而已!"

我在不断上升的电梯中止不住地抽泣。

就在这时,身穿灰色长袍的成人时的我正俯视着像孩童般哭泣的我——

神 谕

♀

"没关系的哦。"

成人时的我站在打扫得干净冷清的教室内。

"这里是宇宙哦。"

成人时的我站在铁路道口的对面。

"哪里都一样。"

成人时的我站在绿色的天空下。

刹那间,看上去像货运列车的东西从我的意识内横冲而过,遮住了未来的我的身影。列车在瞬间通过,可站在铁路道口对面的我却不见了踪迹。

必须经历疼痛吗

♀

我想那应该是梦吧?至少有一半是。渐渐回到现实后,意识与身体的感觉有了重合。我和从前没有两样,依旧坐在座位上,与控制装置相连。追踪者一动不动地伫立在碧草连天的绿茵毯上,小鸟轻轻掠过银色的机体,似乎并不惧怕放空的我。较低的地方好像有什么东西在翩翩起舞,估计是蝴蝶吧。

我形单影只。

"刚才那是……"

话说,我刚才流泪了。

一落泪,脑内压就会增高,让人精神恍惚。

我至今仍有些昏昏沉沉,但那段不可思议的对话如同有实体般残留在我的脑海。我可以伸手触摸到藏于心中的那段记忆。

乌云散去,浅白色的阳光温暖地笼罩着原野。

陌生星球上的景色。

很美丽。

如梦境般。

对现在的我而言,到底什么才是梦境呢?

如果现在我眼前的一切是现实,那或许地球及我所在的城市才是我的梦境。

突然,警报在球状驾驶舱内回荡。

是"呗——"的声音。

是我讨厌的声音。

红灯在不停地闪烁。

追踪者的系统立即切换成自动战斗模式。

3D 宇宙区域俯瞰影像启动,开始显示地表各地及卫星轨道。

屏幕上有很多黄点在不断闪烁。

紧接着,那个冷静的英语播音响起了。

你听。

【阿格哈塔各地出现塔尔西安。】

【开始交战。】

【轨道上也出现了塔尔西安群体,它们正在接近舰队!】

里希提亚的声音失去了平日的冷静,看来并非人工声音。

我的正上方。

天顶出现了光点。

追踪者鸣响警报,我向上仰望。

明明是正午时分,却出现了明亮的星星。

星星越来越大。

正午之星成为了第三个太阳。

警报狂鸣不歇。

啊啊,我为何可以一直凝望它呢?

瞬间,压缩能量弹丸冲我砸落!

当视野被光芒淹没时,我全力向旁侧移动。我的机体碾过小鸟,留下一小摊血迹。发动机发出悲鸣声,跃过裂缝后在另一侧着陆。方才我所在的地方已被等离子弹击中,炸弹的余波翻滚向我，但由于隔着传感器，我并没感觉到。

我转身回首。

隔着遗迹的彼岸，

那片辽阔的绿茵毯因来自卫星轨道的一击，焚烧成了灰紫色。

我大喊

♀

"我不懂啊——！！"

怀念的风景

♀

又有东西从空中掉落。

这次是有形状、有质、有量的东西。

是银色的。

是塔尔西安从上空俯冲向我。我连忙起飞,并将炮弹瞄准,瞬时塔尔西安沐浴在了枪林弹雨中。

快要撞到地面时,塔尔西安迅速消除惯性,反追于我。

它一边追逐,一边发动攻击。

我猛地冲向空中,逃离了追击。先左右闪躲,继而绕直角回转,终于躲过了穷追不舍的子弹。可塔尔西安并没放弃,一直紧逼向我。

攻击。

它向我发动攻击了。

子弹飞过来了!

针尖般的子弹铺天盖地地射向我。

我立即垂直于地面向上飞行。

可敌人也跟着绕过来了。

塔尔西安一边绕行,一边向我发射等离子主炮,我躲开了,第二弹也躲开了。正打算避开第三弹时,塔尔西安看穿了我的躲避路线,回转绕过来,冲我想要逃避的方向"发射"了等离子炮弹。

直击?!

虽然启动防护盾接住了等离子炮弹,但防护盾处理器的负荷计量表却出现爆表,在不停悲鸣。就在我恐慌地缩成一团时,另一发炮弹正向我飞来。警报充斥着整个屏幕,我已经分不清楚哪个警报是在提醒哪一事项。我匆忙跌撞起飞,只顾毫无规律地飞。头顶上方是地面,一个类似大峡谷的岩石场,而此时脚边的云朵似乎也变成了地面。但我只有一瞬持有这种感想,很快,横向成为上方,接着斜向变成上方。对在宇宙中飞行的我们来说,上下只是相对而言的方向。在地表附近战斗时,只需把它想象成某个方向有面墙壁即可。

追踪者依旧处于疼痛中。

银色的生物还在穷追不舍。

我,

急速停止,

锁定目标,

发射主炮弹。

粒子来复枪的加速粒子弹命中了三发,虽然敌人的防护盾把它们中和了,但多少还是有些效果,因为塔尔西安的飞行失去了平衡。

我开枪了。

接连不断地开枪。

塔尔西安也在不断回击。

我们一边躲开对方的攻击,一边冲对方发射能量弹试图击垮对方。

我们像是在翩然起舞。

我发射了诱导弹。

六颗分身追向塔尔西安。

尽管塔尔西安采取回避措施,很好地避开了诱导弹,但同时也暴露了它奋力逃跑的事实。

银色生物急转弯后主动落向正下方的湖泊。

然后掠过湖面,再来个转弯,变成水平飞行。

我的诱导弹无法跟上它的动作,一个个撞向水面爆炸了。

我利用最后一颗诱导弹撞向水面的时机,把自己当作第七发炮弹冲向塔尔西安。

上空划出了一条抛物线。

我急速向下坠落。

我的双脚踩在水平飞行的塔尔西安身上,着陆时直接将其踩在脚底。换言之,加上追踪者的全部重量在内,我毫不留情地从上空猛冲向下,把塔尔西安踩在了脚底。

踩上去滑溜溜的。

软软的。

它还活着。

被踩在地上的塔尔西安伸出如枝叶般的白色的触手,

它试图抱紧我。

在它的手还没碰到我之前,我用臂上的加农炮小子弹击穿了这只银白色的生物。

它的右臂因火药而爆裂,

柔软的身体上留下了好几个弹孔,

鲜红的血液如淋浴般喷涌而出。

我的身体被涂成了鲜红色。

脚底那个软趴趴的东西在抽搐,哆哆嗦嗦地抽搐。血滴像喷泉一样喷射,可它仍在我脚边挣扎、抽搐。最后,终于不动了。

已经一动不动了。

我深呼了口气。

肩膀上下抽动,胸口也在上下起伏。

塔尔西安的——

尸体。

啊啊。

啊啊啊啊……

我大叫。

"啊啊啊啊——！唔哇啊啊啊啊啊啊啊——！"

我一边嘶吼，一边飞向天空的顶端。我要冲往天空，重力控制系统带我去向永无止境的上方。

地面越来越远，白云早在脚下。越往上飞，周围就越暗。明明是更靠近了太阳才对，真是不可思议。

我笔直地冲破天际。

离开星球，飞向星空。

四周已是一片漆黑，只有明亮的行星从下方照耀着我。

脱离大气圈，飞向卫星轨道。

飞向群星之间。

飞向距离阿升更近一些的地方。

到底是为何？星之海明明是一片死寂的空间，可只要想到能离阿升更近一点，便觉得很温馨。

轨道上停有四艘纯白的宇宙飞船。

无数追踪者围聚在这四艘宇宙飞船周边，保护着舰队。

黑暗的远空聚集着某种东西，似乎正与舰队处于对峙中。

亮晶晶的生物集聚在一起，形成了一片雾霭般的朦胧的光域，而这带光域正横亘于宇宙的一角。

是塔尔西安群体……

无数集结于一处的塔尔西安在宇宙中形成了一堵墙，而那堵墙正在慢慢逼近我们。

偶尔从中脱离的塔尔西安编队会以惊人的速度突入我们的宇宙区域。

瞄准舰队。

以前在电视里我曾见过这样的影像，小型肉食动物群体远远地围住了身单力薄的大型动物，一点一点耗尽它的精力，再最后给它致命一击。

追踪者们与接二连三飞过来的塔尔西安交战。

我也加入了战斗。

我启动索敌系统，新的塔尔西安突击编队飞过来了。而且，有好几支是同时突入，我迎面反击。

直逼塔尔西安。

突然接近它们后，瞬时停止，瞄准目标，朝敌人将要飞去的方向扣下来复枪的扳机。

没能击中。

立即飞走。

改变位置后，我用同样的策略发动攻击，但不幸的是自己反倒被击中了。在我扣下扳机前的一瞬，能量块飞掠而过，击中并引爆了我的右臂。因受冲击，我向左边跌落。这时，发动攻击的塔尔西安正准备捕获我。

我立即启动左臂上的粒子刀，在千钧一发之际躲避开了。

粒子刀的刀刃划过塔尔西安。

虽然没有击中的实感，但不知为何我凭直觉便知自己斩中了它。

柔软的塔尔西安，就像用温热的刀刃切下的一片黄油。

鲜红的雾沫在飞溅，随后是一阵爆炸。

又有一只塔尔西安流血而死。

又是血液。

看上去很痛的样子。

很痛吧。

我的右手爆炸了，却没觉得痛，可一想到塔尔西安的身体及血液在宇宙中喷散，我便沉浸在想象的疼痛中无法自拔。

好痛啊。

——好痛啊。

"必须守护住里希提亚！"

我又开始了追击。

追踪者失去了右臂，所以装备在右边的主炮来复枪及加农炮全没了，只剩下左臂上的粒子刀和我自身的重量。我翻过追踪者队伍的迎击防御，飞向紧追着舰队的塔尔西安编队。我什么也没想，只顾追击，靠近后就用粒子刀解决掉它们。我的武器仅剩粒子刀，这种现状几乎等同于丧失战斗力，但我从未想过返回里希提亚。我挥起闪亮亮的加速粒子剑，飞追向塔尔西安，场面看上去宛如孩童抡起孱弱的小手拼命拍打大人一样。

然后，我大叫。

住手！

别过来!

别碰我的船!

我想回去。

里希提亚……

如果连里希提亚也被摧毁了的话,我会绝望的。

不管花费多少年都没关系,我只想离地球更近一点。

求求你!放了我们吧!

我不想待在这里。

我想去的地方有——

没错,

夏云、冷雨、秋风。

雨滴拍打雨伞的声音、春土的柔软。

深夜便利店的灯光……

放学后凉爽的空气。

半夜卡车远远的轰鸣声、傍晚骤雨后柏油路的味道……

这才是我该拥有的东西,这才是我的世界。

我的宇宙。

不……其实并非如此。

正因为有人跟我一起感受这片风景,我才会觉得它们属于我。

怀念的风景。

温婉可爱。

之所以温婉可爱,是因为有他与我一同感受。

我想跟阿升一起感悟更多的风景。

我想回去。

我想回去。

我想回去。

所以求求你。

我终于捕获了一只塔尔西安,粒子刀刺入了它的体内。

红血雾沫喷溅如雨。

另一只塔尔西安正冲我发动攻击。

感觉快要撞上了。

我猛力挥剑逃到一边。

塔尔西安被切裂开了。

绯红的体液化作细小的血粒,流向宇宙。

它在流血。

塔尔西安每每被我挥斩时,血液都会汹涌流出。

可即便流血,即便身体被切断,它们仍旧向我冲来。

为何如此拼命……

明明很痛。

明明会死掉。

为何不能停止伤害彼此?

很痛的哦。

我感觉到了疼痛,塔尔西安的疼痛似乎转移到了我身上,我可以感受得到它的疼痛。血液喷涌,好痛。别这样!好痛啊!

为什么要伤害对方?

为什么要被对方伤害?

好痛,好痛好痛。另一只塔尔西安对我发出突击,我再次挥剑斩断了它的身体。

啊啊,它在痛苦地挣扎,它在不受控地慌乱飞翔。看上去很痛苦,很痛苦……

很痛苦。

看着眼前的这一切,我隐约对这种生物产生了一种亲切感。

是吗?

很痛吗?

我也很痛苦哦。

被太过浩瀚的宇宙拆散后的痛苦。

我能感受到心痛的地方也正翻滚着一股温暖的情绪。

当三只塔尔西安编队逼近我时,我想我注视它们的眼神是很温柔的。

三只塔尔西安"啪"的一声散开,从三个方向包围住我。

它们的两侧开始伸展出白色的枝叶。

六根枝叶上又滋生出无数的枝叶,这些枝叶再度繁衍更细的枝叶,没一会儿,我便被网眼般的枝叶笼盖住了。

如同鸟笼。

白色的鸟笼。

我被裹在里面。

塔尔西安分别从三个方向逼向我。

无数的枝叶将我缠绕住,鸟笼的网眼越来越细。

白色的小手在温柔地裹住我,而我则静静地凝视着。

此刻心情很平静。

三只塔尔西安的头部不约而同地转向我。

滑溜溜的皮肤表面唯一突起的部位呈纵向裂开,

三颗大眼球同时出现。

三只眼睛注视着我。

我被盯视着。

被盯视着。

视线扎入我体内。

有什么东西正涌入我的意识中。

巨大的,

厚重的,

压力。

压力。

这是一股无形的力量。

思念。

那种具有压倒性效果的,

纯粹的思念——

它们的感情超越常理,乘着我的视线注入我的脑海。

然后,我听到了星之声。

星之声

♀

那是唯一的一句话。

"我在这里哦。"

我们在流血

♀

我手挥粒子刀向塔尔西安们斩去。

我感觉到它们粉身碎骨的疼痛及难耐的哭泣。

那时,我第一次真实感受到塔尔西斯人确实存在于这个宇宙、这些繁星的某处。

一瞬的永远

♀

疼痛的塔尔西安，疼痛的我。

我想，或许正因为疼痛，我们才会千里迢迢来到此处。

我在战斗。

我在挥剑。

之后还会有塔尔西安逼近我。

在塔尔西安群体中，有一只超级庞大的塔尔西安。

像宇宙飞船那般大的塔尔西安。

我望着交错的炮火。

我目睹蕾达号被击落。希马利亚号也没能逃过一劫，艾拉拉号则不知从何时起没了反应。

不知过了多长时间，我遗失了对时间的感觉。一瞬可以是永远，所有的记忆也像是梦境。

好多塔尔西安战死了。

疼痛，

它们在绞痛般地挣扎。

我们也是。

直到塔尔西安群体被瓦解，我们持续战斗，尽管很疲惫。

最后残存的少数塔尔西安排成密集的队形，裹上光粒，飞速消失在视野外，只留下道道残影。

塔尔西安通过超空间运动，离开，奔赴遥远的星辰彼岸。

我们在这里

♀

我看着塔尔西安群体化成光粒,消失不见。

然而,我的想象力可以感觉到塔尔西安的眼睛正在宇宙的某处凝视着我,我能捕捉到它的视线。

从这个世界的某个地方,

从阳光照耀不到的地方,

那只眼正在注视着我。

世界?

我从控制装置中抽出手脚,借力从座位飘起,悬浮在驾驶舱的球形空间内。

宇宙被投射在全方位屏幕上。

我飘浮在宇宙中。

我凝视着宇宙——

原来如此呀——

我明白了。

你们是想让我看到这个吗?

同样的风景。

迄今为止我看到过的风景。

你们想让我看到这些。

以同样的心境欣赏同一片景色。

你们竟如此深爱我。

所以,才想跟我一同观赏景色。

感悟一样的心境。

美丽,

感动,

还有疼痛。

啊啊,直到现在我才明白了全部。

他们也与我一样,

以相同的心情痛苦挣扎着。

容易受伤,

容易寂寞,

在同一地点徘徊,

哪里都跟这里一样。

世界,

宇宙,

风景。

世界比我想象得更为辽阔,仅此而已。

这里也是宇宙,

那座城市也是宇宙。

不少人感触着相同的心绪。

我从出生的那一刻起便居住在宇宙间,今后亦是如此。

在同一个地方——

啊啊,

阿升——

我们现在也还在一起哦。

我在这里哦……

阿升,

阿升。

"我在这里哦。"

我向阿升述说。

"我和你在同一宇宙中——与你在一起哦。"

喂,阿升,

"我的情感超越了时间距离,就在这里哦,就在阿升所在的地方哦……"

只要明白这一点,就好。

我可以去到更远的地方。

再远都不怕。

因为有个词叫作世界。

当下我终于明白了,我的世界是个被思恋充斥着的地方。

所以——

"所以,没关系啦……"

这样说着,我解开领带,

脱下了制服。

穿 越 星 际

星 を 越 え て

在同一个地方

♂

"好像宇宙都市啊。"

上大学那年认识的来自世田谷区的朋友造访我居住的城市时,发出了这样的感慨。他从新宿搭乘埼京线,在武藏浦和站下车后依靠从网络地图检索服务中打印的动画地图,步行约十五分钟抵达我的公寓。

"嗯,宇宙港确实存在呢。"

我回应说。

"我不是这个意思。该怎么形容呢?我说的是街道的构造,人工修建的痕迹随处可见。车站旁全是几十层的高楼大厦,所有建筑物都建成那样,市中心就很难突显特色了吧。而且,我步行过来的途中,发现都没有普通的民宅,全是大型集体住宅。在这样的环境里,你还能切身感受到商店街的氛围吗?"

"不能。"

"对吧,就是这种感觉。很像 SF 电影,我都有点被震撼住了。"

真的是这样吗?我原本就生长在这座城市,反倒觉得没什么新奇。

很久之后,我才理解他的意思。

我住在埼玉市浦和区,因埼京线的开通,这里发展成了东京都内上班族的住宅城。因为是座新城,所以没有历史感。

话说,这里确实有很多大型公寓。或许,站在大街上眺望四周会产生这样的印象:

只能看见公寓。

沿着可供两辆汽车同向并行的国道,每隔一段距离都排列着用钢筋水泥堆砌的十层或十二层集体住宅。从外观来说,设计都挺整齐美观。

楼与楼之间通常会有个不算大的公园,里面种植了规划好的人工绿林。一到下午六点，耳熟能详的德沃夏克曲目便会奏响。另外，还有预置的柏油停车场。

这里的土地相对来说较便宜，所以到处都留有宽阔的空间。也许正因如此，城市看上去才会有些冷清。

穿过车站附近的大片公寓小区，跃入眼帘的是真正具有"荒野"气息的景色，给人留下空地间零星点缀几户居民的视觉印象。

宽阔的堤坝一直沿河延伸。

确实，我从未切身感受过聚集小商店的商店街。想买东西的话，从小就是去车站大楼或位于空地正中央的大型商场。

当我拜访那个朋友居住的下北泽时，才亲身体悟到了他那句话的意思。

走出那座城市的车站，能看见铁路沿线狭窄得连汽车都无法通过的道路，无数小店林立在其两侧，像战后的黑市一样。道路也是歪歪扭扭通向各方，如同没有城市规划般，只是在以前的格局基础上进行了有机扩展。还有，那条细窄的道路上挤满了熙熙攘攘的人群。

原来如此！与这座城市相比，我居住的城市还真像是基于周密设计后建成的人工都市。

放眼看去，人们仿佛寄居在荒废空间中的无数盒子里。

是哦，如此说来，这座城市好像宇宙殖民地。

我的房间在公寓四楼，夜晚从阳台可远远望见位于荒川对面新宿区新市中心的灯火。

由于距离太远，即便高楼大厦看上去也像是贴近地面的模模糊糊的群星。我目不转睛地看着为确保飞机安全飞行而装置在楼顶的警告灯，它们闪烁着微弱的红光，我总感觉这些灯光很像拴在宇宙飞船上的尾灯。

然后，这时的我总会忆起美加子。

当然，美加子不可能在那里。

午夜三点，我熄灭房内所有电灯，走到伸手不见五指的阳台，远眺星星点点的街灯及河对面的光亮。异常平静的心情，宛如笼罩在温柔的气息中，我不由得闭上双眼。

是啊。

要是早些发现就好了。

要是早些告诉她就好了。

我居住的这座清寂的城市,是陆地上距离宇宙最近的地方。

可这是在我知道美加子远行好几年后才体悟到的。

并非永远

♂

这是从西历 2046 年 7 月开始到 2056 年 3 月的故事。

整整十年。

年　龄

本该十五岁的那年夏天,生于三月的我只有十四岁,二月出生的长峰美加子同我一样。

初三那年,因生日未到,十四岁的我有些焦躁,有些懊恼。身边的朋友一个个都满了十五岁,只有我还没跨到那个年纪,总感觉很耻辱。

于我而言,十五这个数字像是个"分水岭"。尽管是我单方面的想法,但我真的觉得十四岁的自己很脆弱,无法独当一面。

不过,我的生日与美加子很近,这点倒是不错。

我和美加子都以十四岁的身份度过了那年的大部分时间。

然后,在即将上高中的二月,她先迎来了十五岁生日。一个月后,我也赶上她的进度,跨入了十五岁的行列。

我和她的时差是一个月。

我一直在追着她跑,但时差不可能填补。不过,我们从未分离。一个月对我们的日常生活来说并不算久,甚至可以说是短暂的,尤其是定期测试及中考来临的那一个月。

虽然对具体年月日的记忆有些模糊,但我清晰记得那天是在七月末,一个骄阳似火的夏日,亦是期末考试结束的翌日。

那是考试画上句号,等待出分的恐怖日。尽管我的成绩还不错,但这一瞬间还是很惧怕。然而庆幸的是,这次没怎么好好复习,可分数比想象的高,我松了口气。

长峰考得怎么样呢……

放学后,我一边走下楼梯,一边想着长峰的事。如果说我们之间还有什么事是不确定的话,那就是高中升学了。

我打算考本地区最难考上的公立高中,照现状应该没什么问题。

长峰的成绩也很好,我们的目标是同一所高中。

但我和长峰都不知道会不会因为什么缘由一不留神考砸,所以就跟在乎自己的成绩一样,我很关心她的结果。

换言之,没错,我想和长峰上同一所高中,我希望今后能跟长峰在一起。可以的话,甚至期望能更靠近长峰一点。精神上如此,其他方面同是……

"阿升,等一下。"

这个声音从身后传来,我的心跳猛地抽了一下,因为那正是长峰的声音。

"长峰。"

我停下脚步,站在楼梯上等她下来,同时心里还有些惴惴不安。不过我是那种不会把忐忑写在脸上的人,所以她并没看穿我在琢磨什么坏主意(我想)。

她在楼梯折回的地方追上了我。

"长峰,期末考试考得如何?"

我立马追问。

"长峰的期末考试挺顺利呢。"

"那一起去那所学校……"

"可以吗？！"

长峰快速接住了我的话茬儿。

"啊……可是，嗯，一定吧……"

就这样，她的声音一下没了气势，还附带稍微修正了自己的措辞。

长峰在这种时候总是态度谨慎，她不愿意说些自信满满的话，感觉像是防止万一挫败会很失望，因此起初就不抱太大希望。

我觉得像她这样谨慎的人，是不会因一时疏忽考砸的。

"一起回去吧，阿升。昨天你跟别人去玩了吧？"

"嗯，对不起……不过长峰不是也跟其他女生玩吗？"

"话虽如此……"

我很喜欢长峰这种时而别扭时而喜悦的情绪，怀着舒爽的心情，我跟她一起走出了楼梯口。

从教学楼内走到烈日底下，热浪汹涌澎湃。

阳光照在肌肤上，温暖心窝。

虽然日头西斜,但未至黄昏,天空还是一片蔚蓝,我感觉自己像被装了太阳能电池般,同长峰一路走到自行车停放处。

我家离学校有点远,所以我骑自行车上下学,但长峰是步行。我从一长排自行车中找到自己那辆略显笨重的廉价自行车,插入钥匙。突然,长峰有些惊诧地喊了句:

"啊——"

"嗯?"

"阿升快看,宇宙飞船!"

她话音刚落,太阳就忽然躲入阴霾中了。

我抬头仰视。

一个前端尖尖的白色几何学构造物填满了天空,它本该向上飞行,可总给我一股快要坠落的超强压力。

明明距离地面这么近,却几乎没发出太大声音,太过神秘了。

我微微张嘴,打量着这架正在起飞的宇宙舰艇的轮廓。它的美令人难以置信,是艘独具设计感的舰船。分明是战斗用的宇宙舰艇，却完全没有一丝生硬的男性特征。有点像游艇，又有点像豪华客船。

"那是……"

那个形状是——

我知道在四艘同型号的宇宙飞船里，只有最早制造的一号舰艇的形状与其他舰艇稍有不同。

"那是库斯摩特·里希提亚号吧……联合国军队的，难道是要出航了吗……"

我原本还想趁它停泊在宇宙港时靠近看一看，拍张照片的……

我满怀遗憾之情目送它徐徐向上飞行，之前打算考试一结束就骑车远远赶过去观摩下的，看来是我迟到了。

里希提亚号稍微改变了角度，船尾朝向我们的同时，缓缓爬向更高的天空。

鸟群如陪同机一样在其附近飞翔。

但那艘飞船要飞往鸟儿们无法触及的高空。

宇宙。

太阳系全域。

我陶醉在这些词语里,太阳系,好酷哦。这时,我的脑子里浮现的全是自转、公转的天体影像。

喉咙很干。

当时的我十四岁,时至今日我很后悔那时的自己只有十四岁。

要是能再年长些就好了。

那样的话,或许我也能乘上宇宙飞船。

调查舰队的船员选拔不仅限于宇宙军,如通过适当检查,普通民众也能当选为成员。

可不管怎样他们都不会选一个孩子呀。我为什么没早些出生呢?

"那次的选拔成员已经离开这儿了吗……"

憧憬和懊悔夹杂参半的我嘀咕道。

长峰则心不在焉地附和了一句,似乎说的是"嗯"。

里希提亚的身影越来越小。

我看见轻薄的云团在船的体侧缭绕。

已飞至高到快要看不清的地方了。

即便如此,我和长峰依旧一起目送其远去——直到白色的身姿彻底消失。

是的,那时的我丝毫没有留意长峰……美加子是以怎样的心情仰望它的。

73级

♂

白色的宇宙飞船飞走了,我同她从空中移下视线。随后,我推着自行车,和她一起走在回家的路上。

我们经常,甚至可以说是差不多每天都这样一起回家。

这件事早就不是什么秘密,因为被公开,周围的朋友常拿这个开我们玩笑,有时还会招来旁人羡慕的眼光。

偶尔有人冲我们吹口哨,这时候的我总有点气愤,可长峰却一副若无其事的样子,坦然接受。

长峰常常微笑着问我"怎么了",而我也只能装作毫不在意,但说实话自己还真不够冷静呢。

不过话说回来……

无意间我也会想，我们到底是怎么回事？我们间的关系究竟是怎样的？

　　看着长峰，我会有些难为情，心里七上八下的。

　　我喜欢她为了听清楚我说的话而偏着头将耳朵凑向我的小习惯。

　　我被她娇小的脸蛋及淡漠的说话方式所吸引。

　　我一步步表露对她的好感，她也是一点点在我面前呈现，经过层层积累，不知何时我们的关系就发展成了现在这个样子。

　　我们从来都没相互吐露过内心的想法。也就是说，从未说过"我喜欢你"之类的话。

　　但通过言行举止，我们明确地表达出了自己的情感，我喜欢她，长峰也对我有意。所以，我们完全没必要做出试探性的动作。

　　至少我是这样想的。

　　不过坦白说，我有些害怕知道她的想法。假如一切都只是我一厢情愿，而她则是一笑而过的话，我该如何是好呢？要果真如此，我搞不好会滋生殉情的念头。

正因为存在这种暧昧模糊的感觉,我们之间的关系才会显得缥缈不定。

我们双方都不敢过多地介入对方的世界,取而代之的是一点点小心翼翼地靠近。尽管会焦虑,却也乐在其中。

因为上述缘由,虽然我们每天黏在一起,但直到现在我仍有些胆怯与她独处。

"那艘船造访过太阳系的所有行星哦。"

在铁路沿线的小径上行走,我一边聆听远方电车的声音,一边说。

"嗯……"

长峰似乎不太舒服,回答得有气无力。

"听说就跟追击袭击了火星的宇宙人一样。"

"嗯……"

"也有从民间选出来的人能坐上去呢,那样免费绕太阳系一圈真是太好了。"

"嗯……"

略带橙色的大片积雨云在缓缓流动,长峰一边远眺天空,一边无精打采地走着。我推着后轮胎嘎吱作响的自行车，跟在她身旁。

"塔尔西斯人是从哪儿来的呢？"

"嗯……"

长峰的回答太过敷衍，我想这下糟了。

我很害怕喜欢的女生在自己身边时觉得很无趣。

我们正要穿过空地中央的那个铁路小道口时，红色信号灯亮起，伴随着的还有"当当当"鸣响的警示铃。我们停下了脚步。

"长峰，你对这些完全没兴趣吗？"

我试探性地问她。相对来说，这个问题很单纯，因为这件事最近在新闻报纸上都被炒得沸沸扬扬。

"嗯？"

长峰微微转过头，将目光掷向了远方。呼啸而过的列车挡住了她的视线，那是一辆特殊货物列车，集装箱上印有联合国宇宙军的标志，它的目的地是宇宙港。话说，这列车的车身好长啊……

我们四周充斥着列车的轰鸣声，这时的长峰看上去神情倦怠，缄默不语。

货物列车比想象的长很多。

终于全部穿过后,长峰简短地说了句:

"是有点……"

她的回答很是心不在焉。

我很想问她怎么了,为什么一点精神都没有,可最后还是没问出口。我的直觉告诉我,最好不要谈那些话题。

"算了,去下便利店吧。"

我如是说,长峰的脸色显然有所好转。

"嗯。"

她点头回应说。这跟方才的感觉截然不同。

我长长地松了口气,推着自行车向前迈进。

我们常去那家位于大楼一楼的便利店,一走到那儿,长峰就健步进入店内,开始像扫描般巡视货架。她没多会儿就走到了货架的死角,继而消失不见。我心想,这还挺像捉迷藏的呢。她买的东西倒是与平日无异。

我也同往常一样,以最短的距离拿了一小份甜甜圈和纸袋包装的雪印咖啡,然后立即走至收银台付款,接着再来到窗边的书架前，站着看了会儿杂志和《Jump》[①]。

过了许久长峰才出来，结果还是跟平时一样，买了盒装的小份冰激凌及罐装果汁。等她过来后，我们两个人并排走出了自动门。

不知从什么时候开始，厚重的乌云积压到了头顶。

"去哪里吃呢？"

我回答说："去车站吧？云层有点诡异，估计要变天了。"

"嗯。"

我没有推走停放在便利店旁的自行车，而是和长峰一起踏上了便利店前的国道。

走了几步就遇到一个岔路口，拐进狭窄的小径后再绕过一个拐角便是一条小道。小道蜿蜒曲折地伸向前方，尽头是一段宽阔高陡的石阶。

[①] 由日本集英社发行，目前为日本发行量最高的连载漫画杂志。——译者注

该怎么形容才好呢，这是一段带着异样风情的石阶。

爬到顶端后能看见什么呢？它令人不禁遐想联翩。

由于坡度太陡，从下面仰视的话几乎看不见上面的景色，映入眼帘的只有天空，就像是石阶一直通往天际般。尽管今天不是晴天，但阴天也有阴天的景致趣味。

但其实登上石阶后只有一条横穿而过的县道，周围则是一望无际的杂草丛生的空地。那里是——

"农村！"

好想给它贴张"农村"的标签，因为那儿只有广袤的景色。

但这段石阶的感觉不错……

我喜欢这段石阶。橡胶鞋底踩在白石上的脚感，以及铁制栏杆的冰冷触感都很棒。

我习惯不自觉地细数台阶数量。当然，数过的石阶不仅限这儿。

这段石阶总共73级。

其中有三个平台。

如详细说，每隔20级设有一个平台。第20级台阶很宽敞，第 40 级及第 60 级亦是如此。

接着登完最后 13 级，第 13 级就是顶点。

走至石阶下方时，如豆般的雨滴大滴大滴地往下砸落。

我心想这下惨了！眨眼间，雨势越发急促。雨点淅淅沥沥地拍打在柏油路、周围的屋顶及树丛间，天地间昏暗一片。

"冲刺了，长峰。"

我边说边向上冲，长峰也在同一时间奔跑。

我一步跨上两个台阶，心里默数着石阶的数量。2、4、6、8……跨到第十步时，脚下变得宽敞起来。我调整步伐，继续 2、4、6……脑袋和衣服已经被淋得不成样子。

我拼尽全力地奔跑。

并没有担心长峰。

因为运动社团的女生真心不容小觑，长峰的运动神经比我强很多。

终于爬到了顶点，我飞奔向县道。往右拐便是车站候车室，我大步流星地冲进去。

长峰也在同一秒冲了进来，鞋子在木制地板上发出很大的踩踏声。

这个车站是我和长峰的秘密基地，我们有时会来这儿避雨或绕远道时稍作休息。

车站形单影只地屹立于光秃秃的道路中央，这种地方会有人来吗？反正我从未见过有人在这个车站候车。

这里有一间几十年前建造的破旧的木制候车室，小屋勉强能遮蔽风雨，屋内有木椅，还有一块被压扁的、古老的车站站牌。

没有人来这里候车，也没有人在这里下车，这对我们来说真是恰到好处。

我和她都调整了下呼吸，然后叹了口气。

由于雨势太大，我被淋成了一只落汤鸡，衣服全贴在身上。

"等乌云散去，雨很快就会停的。"

她仰视着屋外的天空。

"晾干衣服慢慢等吧。"

"只能这样了。"

她见我的发丝紧紧贴附在头皮之上，嫣然一笑。

然后她也甩了甩自己身上的雨滴，轻轻坐在长椅上，用脚蹭掉鞋子。

之后，她脱掉湿漉漉的袜子，搁在椅子旁，裸着双脚并将其伸直，同时一并舒展身子。

我看着长峰脚趾的动作。

她脱去袜子后的裸脚令我怦然心动。虽然在剑道社团也常看她赤足，但当下这种心跳加速的感觉是怎么回事呢？

我的脑子有些眩晕。

娇小的长峰脚也很小。

也正因为我脚大，所以她的才更显小。

继续想下去的话会陷入奇怪的氛围，我只好尽量移开注意力。

不过话说回来，两个人静静地待在昏暗的木制候车室内，没有灯光，悄悄地吃着零食，等待天晴，感觉超级温馨。

尤其长峰也很喜欢这样，她安心惬意地享受着这种时光，这点更让人欣喜满足。

我把脑袋靠在身后的墙壁上，一边慵懒地坐在长椅上，一边含住吸管啜了口咖啡。

在雨中疾跑后有点倦了，清甜的感觉瞬时渗透全身。

"长峰啊。"

长峰一边单手灵巧地打开果汁罐，一边打量自己的脚趾。我突然想起一件事，便开口问她。

"嗯。"

"长峰，上高中的话你还会继续玩剑道吗？"

"嗯，这个嘛——"

长峰的回复让我感觉她并没好好考虑过这件事。

"阿升你呢？"

"嗯，我会继续哦。长峰你也会继续的吧，因为你很厉害哦。"

"既然你这么说——也就表示你想跟我在同一个社团对吧？"

长峰满脸坏笑地说。她确实说对了，但我不太好承认。

"啊？你在说什么呢？"

我假装没听明白。

"嘿嘿，你就这么想跟我在一起吗？"

"唔哇，这里有个花痴女。"

"啊，你好讨厌——"

我很享受这种不触及核心的暧昧气氛。

如同投接球练习时，故意冲对方可以接住的方位扔球一样。

在我看来，我们之所以可以这样暧昧，还是因为我们彼此心里很明白，我喜欢她，她也喜欢我。

隐约中我能感觉得到。

长峰对我有好感，而我也很喜欢她。

也许吧，这样就够了。

当时我的脑子里全是我和长峰……我和美加子今后会发展成什么样子。

可以去同一所高中吗？可以进同一个社团吗？简而言之，就是以后能在同一个空间吗？

也许，可以的吧。

然后，我们的关系也会渐渐进一步吧。

那时我的想法很乐观，完全没有丝毫负面的判断在内。

我和长峰待在形同长方形箱子的昏暗候车室内。

忽然，我注意到外面的动静。雨势小了很多，不过依旧有雨滴从屋顶淅淅沥沥地滚落。

空无一人的车站伫立在没有汽车通行的道路中,我们被雨水阻止了脚步,无法离开。

当时我产生了一种错觉,虚无的——空寂的宇宙空间中只有这间候车室是真实存在的,整个世界仿佛只剩下我们二人。

要真能如此,我全然不在乎,甚至会很开心……当然,这只是错觉,我很快就回到了现实。

我的齿间突然袭来一阵凉气,正当琢磨是什么东西的时候,冰激凌嗖的一下滑入喉咙。

我没法吃太冷的东西,尤其是牙齿受不住。慌乱下,我忙用手捂住嘴吸了几口空气,拼命试图缓解。

"你在干吗呀?"

"谁让你发呆呢。"

长峰笑着说,她的笑颜近到触手可及。

很近很近——

脑海唰地闪过这一念头。

我突然想触抚她的身体。

但并不是那种歪想法，只是想感触她的呼吸和她的体温而已。

不过最后我还是放弃了，并不是胆怯，因为我知道即便我这样做她也不会排斥、反感，但我还是想继续这样暧昧。

避开核心。

不说清楚。

只在气氛中靠近。

这是我们，不，这是我对彼此间关系的基本态度。

那时我以为这是很现实的对待方式，尽管并没有错……

只不过，当时的自己也许有些狡猾。

后来我所受的煎熬或许就是那时的报应。

惯 性

风吹云流,雨水渐停,阳光温和地射入候车室的入口处。

离开小屋后,金色的夕阳洒落在湿润的泥土及柏油路上,感觉半干不湿的衣服立即清爽了很多。雨过天晴的天气真是令人心旷神怡。

我和长峰回到便利店,从自行车停放处推出自己的车子。然后突发奇想,试探询问她:

"坐上来吗?"

"嗯——"

我先在车座上坐稳,然后催促长峰快点上来。她从身后搭住我的肩膀,一脚蹬上了后轮的踏板。她上来后,为了防止自行车倒下,我稍微使了点劲儿扶住车把。

长峰在扶住我的肩膀时用的力度比我想象的大,这种感觉很新鲜。

我踏了几脚地面,起初车子有点摇晃,但很快就飞奔了起来。

速度跟上后,自行车立马就有了平衡感。我朝长峰的家骑去。

四周的景色弥漫在一片烟雨朦胧中。道路、护栏、行道树,还有旁边的杂草都被打湿了。我们身上也还没干透。

向前骑行的我看不见长峰的身姿,但重心与往日不同,她那偶尔在我肩上挪动位置的紧紧扶住我肩头的小手,告诉了我她的存在。

我沿河飞奔,径直骑进了细长的公园。如果想抄近路的话,纵穿公园的慢跑道便是。

路上四处都有像通道般的铁制藤架,架上的油漆已脱落,因此锈迹斑斑。在通道下穿行,时而阴凉,时而和煦。

穿过最后的藤架,长峰轻叹了口气。

"嗯?怎么了?"

"喂，快看天空。"

因为骑行时我什么都没看见，所以她指的方向应该不是前方，而是侧面或后面吧。两个人骑车不能东张西望，于是我轻握刹车，放慢车速后停下。不过要克服两个人的惯性，我倒是花费了不少力气。减速中的自行车有些不稳，长峰紧紧抓住我的肩膀。

彻底停下后，我的双脚踩在地面上，抬起头仰望天空。

这时，我全身如苏醒般被震撼住了。

"是追踪者……"

高空中八条航空云排成一列，延伸至远方。

从飞行方式来看，很明显那不是飞机。

因为速度不同，而且前进的感觉也不一样。与这个相比，飞机是喷射式的推进，而它不是，它是类似滑冰式的飞翔。

这是为了对付塔尔西斯人，与里希提亚在太阳系并肩作战的人形宇宙战斗机。

我很兴奋。

那是全世界仅有的三百架追踪者编队中的几架。

"好厉害啊……"

我情不自禁地感叹。

这是最大限度运用火星遗迹发掘技术制造成的战术高速兵装（简称 TRA），不久前还只是在虚构世界里才会出现的人形战斗机。作为一个男人，我无法抗拒它的魅力。

它的飞翔方式显然不是空力式……

"呐，听说那东西连补给都不需要，一瞬就能去到地球的任何一个角落，好像还可以独自冲出大气层外……好厉害啊……"

我感慨万分地自言自语。

好厉害啊……

"好美哦……"

长峰也低声感叹。

是啊。

我也这么想。

八条纤细的曲线划过天际，悄无声息地朝夕阳更深处蔓延。

那种徐徐的延伸感美到无法言表。

我一直注视着追踪者,直到其消失不见。

突然——

搭在我肩上的双手骤然加强了力度。

甚至抓得我有些疼。

我的颈部能感觉到她的呼吸。

"喂,阿升……"

右耳边飘来喘息声。

怎么回事……?

长峰似乎不太对劲。

长峰她——

想说什么。

突如其来地。

长峰现在的神情是怎样的呢?

我闻到了长峰的体香。

长峰的脸颊贴在我的脑后。

我能感觉到她的体温。

但我没法回头。

"我啊……"

耳边呢喃的是长峰的呼吸，鼓膜感到阵阵酥痒。

"从明年开始，就要坐上那个了……"

惯性。

我一直以为我们二人正在萌芽的关系会一直持续下去，直到开花结果。

我们以同一速度朝同一目标前进，之后我们的距离会渐渐缩短，我是这样认为的。

然而这只是毫无根据的乐观而已。

我想象过在现在的延长线上还会发生很多事。

比如暑假和长峰一起去海边之类的。

我脑子里装满了这些期望。

但此刻我感觉这些美好的期望被卷入了旋涡，离我越来越远，最后消逝无踪。

因长峰一句私语，我心里的乐观想法顿时溃不成形。

终结日

进入第二学期后,长峰忙于出行前的准备,很少来学校。我看着她空空的课桌,内心涌起一股莫名的哀伤。

十二月中旬是她出发的日子。

我去宇宙港为她送别。

仅仅像是送别踏上长途旅程的朋友一样。

我甚至还持有她一定很快就会回来的天真念头。

短信（Ⅰ）

在美加子出发后的第十天，我收到了她的短信。

当时正值夜晚，我在写家庭作业，放在桌上的手机突然震动起来，我看了眼发件人的名字，心想竟然是长峰……紧接着就怔住了。

我虽然不知道长峰的具体去向，但可以确定的是，她不在日本了。

她从国外发来的短信和以前在同一个城市时发来的丝毫不存在差别，感觉有些奇妙。

冷静想想，可以接收短信也是理所当然的事情。我只是很诧异环境已是天壤之别，为何手机画面显示的短信毫无变化。如若和以前的书信一样，上面贴有外国邮票的话倒是在情理之中。

这封短信来自亚利桑那州。

我查阅现代社会资料集后才知道长峰现在身处美国南部，临近与墨西哥接壤的地方。

她在那边接受训练，貌似是为了成为一名追踪者机师。

可以乘上追踪者……

"当心蝎子哦！"

开开这种不痛不痒的玩笑已成为我最大的幽默。

"才没有呢！"

不一会儿，我便收到了回信。

那天，我和她互发了好多条这种一两句的短信。我们之所以这样做，也许都是为了试探彼此的想法。

"现在行星间都连上了网络，所以不管在哪儿都能发短信哦。宇宙的任何地方都可以！"

她在短信里这样说。

是哦，尽管要花上一些时间，但现在不管在哪里都能用短信跟她聊天。

今后也一定能像今天一样互通信息。

进入第三学期后,我和美加子每天都来回好多条短信。为了准备中考,我一直伏在桌前学习。每当手机液晶屏闪着绿光发出收到短信的提示音时,我都会松一口气。

因为美加子想了解班里的情况、城市的变化和日本的新闻,所以我会通过短信告诉她每天的所见所闻及发生的事情。

我很高兴美加子对我身边的事竟有如此浓厚的兴趣,美加子和我的感情并没有疏远,她没有迷恋新环境,她仍想回来……一想到这里,我就很欣慰。

不过话说回来,短信还真是个好东西。

给美加子发很多条短信的同时,我偶尔会觉得奇怪并因此而苦笑。她在这边的时候从没像现在这样热衷地给我发过短信。

甚至可以说是几乎没发过。

毕竟我们每天都会见面,那样足矣。

可现在两个人分隔两地,我才发觉短信真是个好东西,它的好不仅限于便利。

有一瞬我察觉发短信竟比面对面聊天更亲近,对持有这种想法的自己很是愕然。

我感觉短信中的话是从她心里直接飞到我这儿来的，要是有心灵感应的话，或许就是这种感觉吧。

我终于可以在短信里称呼她"美加子"了。两人独处的时候，不知为何怎么也叫不出口。当反应过来时，我已输入了这三个字。

大概是因为她的短信标题总写"我是美加子哦"的缘故吧，所以我自然而然地输入了："美加子，你还好吗？"

"美加子，你还好吗？"

我渐渐习惯问候她这句话。但即便我不问她，美加子每次发来的短信文字也让人感觉她很精神。

从平面到空间

☿

二月，美加子搭乘的里希提亚号将踏上飞往火星的旅程。

我们需要三日的时间才能收到对方的短信。

短信（II）

♂

美加子似乎在新环境里也很积极向上，但坦白说，我的日常生活却是黯然失色。我所在的环境只有努力学习参加中考。

周围所有的人和物犹如在唱"少壮不努力，老大徒伤悲"的大合唱，我心力交瘁。

我报了预备学校的短期课程。

以前和美加子商量过一起去那所预备学校。上课时，贴在椅子上的臀部总是不太安稳，偶尔会恍恍惚惚想起美加子。

就在我身处太阳系第三颗行星之上，焦躁不安地转动着没有笔芯的自动铅笔时，美加子正飞向火星。

想到这里,我的肩膀一下变得沉重起来。

火星。

我的表姐很有 SF 宅女气质,她如果在图书馆找到一本一百多年前的 SF 小说,便会欣喜若狂如饥似渴地读起来。

她曾硬塞给我几本 SF 小说,其中有一本是讲红肤色的火星人和激光人互相攻击的战斗故事。内容过于荒诞无稽,我只当娱乐消遣。但不难看出的是,百年前火星对人类来说还仅是个热血冒险的空想世界。

为什么美加子会在那种地方呢?

而且还坐在机器人上。

老师合上教科书,课程告一段落,预备学校的阶梯教室里传来了放松的叹息声及收拾书包的响声。

我放下自动铅笔,打开手机电源,发现收到了美加子的短信,这是六天来的第一条短信。

我将笔记本搁入书包,然后与 1G 的重力抗争着从木椅上起身,同时目光紧盯着短信内容。

美加子似乎很开心……

她的短信总是透着一股兴奋感。

就连参加机师测试她都觉得很愉快。

美加子向我描述了正在推进行星地球化工程的火星景色。

此外，还有直到上世纪还只能凭借望远镜看到的各种有名的地形。

美加子在火星的天空中飞翔，从上空眺望那里的景色。

如同跳水选手一样，从卫星轨道上跃入火星大气圈，在那儿追击目标敌机，并展开各种科学调查，甚至还能在星之海中翱翔——

我想象着这样的美加子。

真好呀……

有时我会超级羡慕她。

为什么是美加子呢？

为什么不是我呢？

当她在红色大地上奔驰之时，当她在星之海中遨游之时，我却在这座大楼的一间房内，坐在刷有树脂涂层的长桌前，抱着书籍拼命学习准备中考。

感觉这样的自己很卑微。

中考的压力如同从四面八方逼近的壁垒，时间越长，就越让人觉得狭窄难受。

没错，我在妒忌她。

走出预备学校的大楼，四周已被夜色笼罩。这一带夜幕降临得比较早，繁华的街道也在顷刻间变冷清。

我将羽绒服的衣领拉至下巴处，然后拖着疲惫的身体慢慢移向车站，途中白雾频繁从嘴里呼吐出来。

我疲倦地抬起头，仰望夜空。

空中只有特别闪亮的星星在一闪一闪。

凛冽的寒风吹入脖子，我立即像只乌龟一样缩起脖子。短信传送都需要三天的距离，确实很远。每隔六日便会收到她的短信，她谈及近况的同时，也让我体会到了无法跨越的遥远。那种心灵感应般的感觉不再有了。

从今往后，距离还会更远吧。

我独自走在本该和美加子同行的夜道上。

独自搭乘本该和美加子同坐的电车。

然后，独自回到家中。

独自低头来往于预备学校和学校间……

最后，我独自去看了中考成绩合格榜。

偏　差

我考上了本该和美加子一起升入的高中，但没有加入剑道部。

想象力无法触及

♂

高中学校的便门两侧种有特别粗大的樱花树,落下的花瓣似乎在愁叹,纷纷扬扬撒得满地都是。

今年的春天很暖和,开学典礼那天已吐露出盈盈的绿意,被一抹嫩绿点缀的樱花树另有一番风韵。我很喜欢新叶刚刚萌芽的樱花树,就像周围掺杂些噪音反倒会心安一样,生长出点点绿叶的樱花树让人感觉更静谧。

便门与楼梯口间植有簇簇映山红,在樱花还未凋零的空当,喇叭形状的花朵会姹紫嫣红地开满枝头。

我每天都是步行加乘公交上学,穿过便门,从花丛旁路过走进教室。

开学已有十日了。

高中课程的难度急剧增高,再加上那个春天暖和温煦,我在课间常常打瞌睡。

对新班级的感觉也很好,庆幸的是,从同一所初中考进来的熟人有很多,男女生都不在少数,起初大家就很清楚彼此的性情,另外还会相互介绍自己邻座的同学认识,所以,没过多久我就跟班里的同学混熟了。

过了一小段时间后,我可以对得上同学的长相及名字了。

我处理人际关系的能力可以说是无懈可击,因此不管走到哪儿都能带动现场气氛,也算是有点小聪明吧。托这个能力的福,换班从未被同学冷落过。

那年亦是如此。

但总有些不对劲。

违和感——

总之我一直都很困,脑海里一天二十四小时都弥漫着一层薄雾。

上课的时候常常会睡着,最后只能借抄别人的笔记。

有时下课后依旧会犯困，于是索性趴在桌上呼呼大睡。

社团方面我加入了弓道部，但这所学校的弓道部一点也不正式，竟然允许无故缺席，所以加入后我常早退，混混沌沌地打发放学时间。

美加子好像已经离开火星，抵达木星了。

微风拂过，窗外的花瓣洋洋洒洒地飘舞。

我趴在桌上，凝望着窗外这一幕幕的景色。

发短信去木星需要十四天。

十四这个数字一直悬浮在我的意识表层，以致我无法好好思考其他事情。

问题在于真实感。

美加子在太阳系四处飞行。

美加子前段时间还在火星进行演习，现在却已身处木星的欧罗巴卫星了。

我眼前是春日午后的和煦，灿烂如醉的花儿和新教室的气息。

可美加子在宇宙空间内。

我无法想象她周遭的一切。

倘若美加子是在埃及或挪威,我倒是还能想象出她在那边的样子。因为我们还在同一片大地之上,只是水土各异而已。

可那是宇宙。

简直就像个虚构的世界。

所谓的不在同一平面上就是这样子吗?我终于有点可以理解了。

美加子不在这片土地上了。

她已经不在这颗星球的空气里了。

我的周围,鲜花怒放,季节流转,高中的课程正快速推进,刚入学时还参加过能力测验。现实以迅雷不及掩耳之势铺展开,我好想让它等等我。

在我见识到的现实世界里,美加子没有留下一缕身影。

我伏在桌前,桌面木头的气味扑入鼻内。

是的,我开始一点点地不安起来。

我心中有关美加子的现实感在逐渐拉远。

以前班上的很多同学大都忘却了美加子的存在,当我知晓这一事实时不禁哑然。

该事实不仅令我惊诧,同时还造成了我难以言表的阴郁。

每个人都自然而然地将她忘得一干二净。

最初的一个月内还有女性朋友跟她互发短信,但之后就断绝了往来。

美加子的离开不也是为了我们吗?

虽然我很想这样质问她们,但最后我没跟任何人说起此事。从公平的角度考虑,忘却也并非全无道理。

我上小学时,有个关系超好的死党在五年级时转学了。

我现在也不知道那家伙的情况及联系方式……

也许人情就是这么回事吧。

大家也像这样淡忘了她。

不过有些郁闷的是,就连美加子的母亲也渐渐当她不存在了。

初中时代的一个叫作长野的朋友跟我升入了同一所高中,开学时他在足球社团因腿部骨折住院了。

我曾去探望过他,当时在医院住院部的会面室里无意中看到一位很眼熟的女性，仔细打量后发现是美加子的母亲。

我与美加子的母亲见过两三次面。我跟她打了个招呼，她像是要马上离开医院一样，十分冷淡地回应了我一句。我强行拉住她，询问美加子是否曾留下什么信息。

可美加子的母亲说她几乎没有收到过美加子的信息，在听说美加子与我联系很频繁，常常会发短信之类的事情时，她反倒有些诧异。但美加子的母亲并没有向我打听美加子的情况。

我发现美加子母亲的身边有个女孩，她坐在会面室中贴有塑料薄膜的椅子上，身穿睡衣，应该也是一名住院患者。

那位女孩长得相当小巧、瘦弱，透露着一股手臂一碰就会断掉的脆弱。

但样貌却美得惊人。

乌黑的秀发垂及腰间，睫毛长到可以看见影子的地步，一双大眼睛，但那双眼睛似乎很疲惫，整个人散发出的气质是那种长时间住院的人才会特有的憔悴感。后来我才知道，她今年差不多是上初一的年纪，可我记得美加子应该是独生女啊。

当女孩知道我是美加子的朋友时，神情凝重地盯着我。

两天后，我好心复印了一份笔记送去给医院的长野。在医院，我又遇到了上次那个女孩。

那家医院总共有三栋住院楼，楼与楼之间有走廊相连。走廊两侧装有落地窗，沿着窗边放有好几张带扶手的椅子，病人可以坐在那边眺望外面的风景或晒太阳。

她独自坐在那儿，身旁竖立着打点滴用的移动注射台，两包点滴袋在空中轻轻摇晃。

我本打算装作若无其事的样子走过去，但不小心与她的眼神相交。她一直死死地盯着我看，所以我也没法强行假装视而不见。

"你就是阿升？"

她冷冷地问。

"是啊。"我尽量用淡定的声音回复。

"好讨厌的语气。"她噘起嘴说，"有种装腔作势的感觉。"

她起初就对我持以反感的态度,直到最后也没有转变。

"长峰跟你提起过我?"

我姑且问了一句,可她却——

"哼。"

从她的鼻腔内发出了"哼"的一声,就像在说少问这种无聊的事啦。

此时,我内心也泛起了一阵反感,皱起眉头打算离开这儿。

"美加子是因为我才离开的。"

我连忙刹住脚步。

"你说什么?"

"她没跟你提起过这件事吧?"

女孩挑衅般地露出了微笑,我则盯着她。

"你是……"

"表妹。"

表妹?

"你刚才那话是什么意思?"

美加子的表妹眯起了双眼。

"她也可以拒绝参加调查队的哦,可是需要钱,手术啊、药啊之类的东西……我住院的时间比预计要长,我们家又没什么钱。"

"……"

"预付金已经很高了,听说我现在的治疗费都由联合国支付,也是之前约好了的。即便是昂贵的药物也可以想用就用,这样下去我的病应该会好吧。"

我惊住了。

怎么会这样……

"你在这里几年了?"

我感觉脑袋一片眩晕,同时向她询问。

她合上双唇,像是在说你问这种事干吗。不过没过多久,她似乎改变了主意。

"三年了。"

她答道。

原本这件事对我来说就是晴天霹雳,可我现在还必须让脑子保持清醒。

美加子的表妹正在等我继续说下去，可我什么也说不出来，只是茫然地呆立在原地。

"要不是因为我，她早就拒绝了。美加子是为了我放弃上高中，改道去宇宙的。"

表妹追着继续说。

"那家伙很想上高中呢……"

是啊。

美加子说过要跟我一起上高中的……

可结果她却被选拔为全球只有数百人参与的里希提亚舰队成员，再加上我一直单纯地以为所谓的宇宙开发就是精英职种，既然那条道向她敞开大门的话，我也没有办法……

"原来如此啊……"

因备受打击，我的脚步有些踉踉跄跄起来。

竟然有这样的内情啊……

可美加子的表妹依旧不愿放过我。

紧接着，我听到她说：

"真是悲哀啊。"

"——!"

我快速转过身。

目不转睛地盯着美加子的表妹。

她笑了。

但那并不是一般的笑容。

是憎恨。

我见到的是她一脸憎恨的笑容。

那时,我终于明白了。

这个孩子憎恨美加子。

可她那善良的表姐为了给她提供治疗费,被迫放弃自己的愿望,选择独自远行——况且还不是普通的远行,美加子的远行是要离开这片土地,被带到其他的遥远的星球上去……

那个孩子却憎恨着她。

随后,她说出了一句决定性的话。

"要是走得更远就好了。"

啊啊——

冰冷的目光。

那股视线向我投来，但我知道其实她是想通过我投向美加子。

当时，我的想象力发出嗡嗡声，开始启动。

脑海中联想起一切关于这对表姐妹的事。

美加子的性格向来都很好，所以即便对待这样的表妹应该也很和善吧。

表妹无法上学，十三岁却连初中也上不了，美加子觉得她可怜，想尽办法关怀她。

然而，正因为美加子的善良，这个歹毒的美少女就开始心存积怨，反生出憎恶之情吧。或许是她无法忍耐接受健康聪明，而且运动神经也很超群的表姐的存在，才心生嫉恨吧。

我清晰如镜地想象着这幅情景。

虽然只是我个人的臆断猜想，但这种事时有发生。

我为什么可以如此轻而易举地想象出这般场面呢？因为这比想象身处宇宙的美加子的状况要简单得多。

去往远方后——

理所当然的生活及学校就会远离自己。

这个女孩在地板光滑的白色医院里，想象着身处宇宙基地及宇宙舰队的美加子正朝太阳系外缘远去的场景，恐怕心里定是满足无极限了吧。

美加子为了别人去到自己不想去的地方，可却没有人因此而感谢她，甚至渐渐遗忘了她。

如果只是这样也还好——

我再也无法忍气吞声，终于奔逃般地离开了那儿。与此同时，我能感受到身后女孩视线中饱含的讥讽。

春日的空气令人很是神清气爽，在开着窗且空无一人的教室里，我伏在桌上，将脑袋从右边移向左边。午后的日光温暖地射入没有开灯的教室，仿佛对我施了催眠术般，夺走了我思考无能为力之事的意识。

"寺尾君，关于运动会的项目……"

"……嗯。"

身穿藏蓝色水手服的同班女生走进来问我，我半睡半醒地慢慢直起腰身。

这所学校每年春天都会举行运动会，新班级正好可以借机营造团结和睦的氛围。运动项目有排球、篮球、垒球之类的，各班级按照体育项目组成队伍和其他班级比赛。而我则莫名其妙地成为了班级运动会的执行委员。

"你没事吧？"

跟我一样被选为执行委员的女生站在我的课桌前，神情担忧地望着我的脸。

她递给我一块折得整整齐齐的手帕，但我摇了摇头，并没有接过来。然后，我用衬衫的袖口使劲擦拭积在双眼中的泪水。

幸好没有流出太多泪水，我一下就恢复到了平日里那种平静的状态。

我自己也吓了一大跳，多少年没哭过了，我是那种即便看催泪电影也不会轻易掉泪的人。

"哎呀呀，这真是不好意思呢。"

事到如今我也不能装作没有哭过，于是只好敷衍一下。

"嗯。"

女孩点点头说：

"吓我一跳——"

遇到这种情况也难怪会被吓到。

她没有追问我原因,所以我松了口气,随后我们开始讨论公事。讨论完后,我背着书包独自穿过映山红花丛旁的通道,独自在学校前的车站候车,独自回家。整个地球上搞不好只有我一个人在期待美加子能平安回来吧。

但即便是这样的我,也察觉美加子的存在感越来越稀薄了。

这里的空气太过浓郁。

浓郁的空气冲走了我周围那些美加子真实存在过的痕迹。

美加子这个女生已经是我内心的幻觉了吗?

这种糟糕的妄想瞬间掠过我的脑海。

最近很少收到她的短信。

我好焦躁。

时间停止

两个多月的时间里,我和美加子互发了大约三条短信。这已经是最短的间隔了。

我和美加子给彼此发了长到不像手机短信的短信,遵照她的询问,我告诉了她这边的情况。初中时跟我和美加子都很要好的冈崎和后藤终于开始交往了——像这样,我将情况形容得更有趣味后才发给她。

输入这些文字时,我心里真的很嫉妒他们,心想:"可恶!这两个家伙倒好!"

好羡慕啊……

喜欢的女生就在自己身边,这种事简直就像奇迹一样美妙动人。

我的身边只有空气，即便伸出双手，也只能触摸到空气。

在六月初发的短信里，我尝试请求美加子发张她的自拍照过来。

行星间的网络会优先调查研究及与军事相关的信息，而且网络状况也很不稳定，发送图片附件的话很容易出现乱码，再或者就是压根儿收不到。

这些我都知道，但我还是想看看美加子。

除文字以外，还想通过其他方式感觉到美加子。

"一定要发哦。"

我这样请求道。

急不可待的日子终于逝去了，我收到了她的回信。

照片短信竟然奇迹般地发过来了，当看见有附件时，我不禁兴奋得颤抖了几下。我将意识集中在大拇指上，然后打开了附件。

接着，我的脑子一度陷入混乱。

那个确实是美加子自拍的照片数据，是我请求她发过来的东西，我想看到的也正是这个。这些都没错，可是有一点是我始料未及的,而且这一点令我不可思议。

"为什么……"

我自言自语道。

美加子依旧穿着初中的制服。

跟送别她离开地球时一样,美加子身穿初中制服的衬衫和背心,系着领带。美加子的发型也和那时别无两样,仍是短发。这点带给我强烈的违和感。

对于这套制服,几个月前我司空见惯,可现在我习惯看到的是高中的水手服,我从照片的制服中感受到了什么叫作落差。

送别美加子后已过了半年多时间。

距离初中毕业也有四个月了。

然而,她发过来的照片仍定格在初中时代,我还能切身感受到美加子存在过的那个时代……

我想看她现在的样子,这样才能强烈感受到她此刻的存在。

我是这样想的。

这简直就像是从过去寄来的照片——

我在心里大声呼唤：美加子你在哪儿？美加子，现在的你在哪儿？

美加子，你现在真的存在于这个宇宙的某个地方吗？

我头脑一片混乱，甚至陷入了无穷无尽的空想。总而言之，我给美加子送别的那天，以那一日为界限，那个叫作美加子的女孩是不是已经消失在空气中，荡然无存了？

她残留的思念化作短信，像幽灵一样偶尔出现在我眼前……我沉沦到了这种异想天开的无情的幻想里。

看着那张照片——我觉得很害怕。

又收到了一条很长的短信。

"从今往后短信送达的时间会越来越长……

嗯，没关系！"

当时的我完全不明白这是什么意思。

是什么没关系？

直到我再长大些，足够成熟的时候，才理解她那句话中蕴含的意义。

美加子似乎是要离开欧罗巴，前往冥王星。现在她正在从木星到冥王星的路上，在宇宙的某个地方。

从木星到冥王星的某处。

我根本无法想象那种地方。

从今往后，她将离地球越来越远，短信送达的时间也会变得越来越长。

我想，听上去有点像天气预报。

但事实要比天气预报精准得多，单纯得多。

是这样子吧……

我回复她的短信后，将手机搁在桌上。

然后等待她的回信。

七月末

七月末,我收到了美加子最后一条短信,从那儿之后,短信便中断了。

沉默的间隙

一个月过去了,两个月过去了,我依然没有收到美加子的回复。

我从各个角度设想了下没能收到短信的各种缘由。稳妥的理由,不稳妥的理由,推测过物理方面的理由,也考虑过心理方面的理由,想象过对美加子来说很可怕的事态,也预测过对我来说很可怕的事态。可最终,我还是什么都不知道。

我想起了存在感日渐稀薄,最后被忘却的转校生。

也许就是这么回事吧。

我也给她发了好几条让她快些回复的质问性短信。

接下来只有等待。

我打算一直等待她的回信。

一直等待下去。

等待的同时，我在思考有关美加子的事。

我和美加子之间的事。

我抓住有关美加子的记忆不松手，哪怕它已慢慢变得斑驳。这就像在身后拉扯一个一去不复返的人的衣袖一样，拼命想要挽回。

我和美加子到底是什么关系？

这是个笼统且暧昧的问题。

我和美加子从来都没清清楚楚地确认过对方的想法。

我从没说过我喜欢你。

美加子从没说过要等我哦。

我从没跟她约定要等她回来。

为什么没有定下约定呢？

要是有约定，我就可以理直气壮地等她回来了。

我就可以有所依托了。

美加子离开后的现实逐渐成为我的现实。

"等待"这一信念正在变淡薄。

可即便如此,查看短信已成为我的习惯,我每天都会机械地毫无意识地摁下按键。

查看短信的按键已被磨损得有些字迹不清了。

我的心情也在一点点磨耗。

"没有收到新短信。"

"没有收到新短信。"

"没有收到新……"

语音播报的声音已是耳熟能详。

而这枯燥乏味的手机声也成了我日常生活的新部分。

五个月过去了。

在世界的内侧

雪花飘飞的季节降临,我不再等待短信。

当下的幸福

之后,我交了一个女朋友。

要追溯的话,时间应该再往前推移到秋天。

那时正好赶上学园祭,我们班也参与了咖啡店、模拟店及节目计划,准备工作进行得如火如荼。

而我也是每日在学校忙到天黑才回家,大规模的准备工作本身就像一场活动,繁忙却很开心。

同舟共济度过修罗场后,班里形成了一种独特的团结感。之前关系疏远的几个同学也都与我熟络了起来,结为新朋友。

学园祭结束后,大家的兴奋劲儿还未退却,于是趁此机会，班上的同好决定一起去市中心的游乐园玩。包括我在内，应该去了十二个人左右。

这次的聚会名义上是庆祝学园祭圆满落下帷幕，但其实还有一个主题，那就是关注和打趣那几对在学园祭准备工作中相识的情侣。我们都很有默契，故意想办法把他们一对对地推进鬼屋或过山车这种让人尖叫的刺激游戏里。

那日秋高气爽，美景如画。

玩了一会儿后，大家决定一起去坐摩天轮。按照惯例，应该先把令人羡慕的情侣们送进吊舱，然后剩余的人则按一男一女的分配比例搭乘。

与我同坐的是担任活动委员的女生，平时倒也喜欢说话，因为相互有共同语言，所以处得挺轻松。

但在坐上吊舱时，我不小心看见其他女生饶有深意地戳了她一下。

那一瞬，我也隐隐感觉到了其中潜藏的微妙意义。

我们被缓缓地带上上空，缓缓地改变角度，在俯瞰下方景色的同时，闲聊些有关学园祭和班级之类的话题。

那个女生很有教养，给人感觉很好，我跟她聊得很开心。只是我有点担心她会不会觉得很无聊，但我的担忧貌似毫无必要。

靠近顶点时，下方的街景如同一幅大型全景立体图铺展在眼皮底下。市中心的建筑物则像是用细砂堆砌而成，灰蒙蒙地延伸覆盖至远方。

不知为何，即便现在长这么大，我却还持有一颗童心，例如很喜欢高处。

我情不自禁地把额头贴在玻璃窗上，着迷地欣赏着眼前的景色。

"像个孩子一样。"

女生觉得有些奇怪地说。

"嗯，没什么可隐瞒的，我很喜欢高处。小时候还从屋顶跳下来过，结果摔到重伤，现在后背还有条伤疤。"

"应该很痛吧……"

"至今这一点也没变过，比如在爬上高楼大厦的屋顶时，我总爱站在屋顶的边沿，因为那样子才觉得过瘾。"

"我完全与你相反,我很怕高……只有双脚踩在地面上才会觉得安心哦。"

"那坐摩天轮会害怕吗?"

"有一点吧,寺尾君不怕吗?"

"怕哦。"我回答说,"正因为害怕,才要一点点地靠近边沿,那种感觉就类似于在试探自己要是再靠近五厘米会怕成什么样呢,或是探出身子往下俯瞰的话会比现在害怕好几倍吧……"

"唔嗯……"

"比方说……"

一说完,我立马起身转了圈吊舱入口的挂钩,打开涂有红色油漆的铁门,正当我打算探出身子俯视时,我发现她已经吓得面无血色,于是连忙关上入口铁门。

"喂,别吓唬我啊。"

她长长地舒了口气。

"抱歉,有点得意忘形了。有时我会做这种事,确实很孩子气呢。要是掉下去了,真不知会变成什么样。"

此时吊舱已通过顶点,正缓缓下降中。

她看见摩天轮正在慢慢下降后才算松了口气,看来她是真的很恐高。

过了一会儿,她问我说:

"喂,寺尾君,你有女朋友吗?"

"为什么这样问?"

我反问道,同时也在心里深思熟虑了下,认为美加子并不能算作我的女朋友。尽管心情有些失落,但我并没表露出来。

"没,没有哦。我没有女朋友。"

"是吗?我在想要是你有女朋友的话,这样子不太好吧。"

"这样子?你是说大家一起出来玩,然后坐摩天轮吗?我觉得这种事跟有没有女朋友没关系哦。"

"不过我讨厌这样子。如果我的男朋友在我不在的时候跟别人坐在一起的话……"

"唉,是吗……"

"是的,因为会很忐忑呀,就算什么也没发生,但我还是会吃醋。感觉像是在我不知道的地方开辟了另一个世界一样，会受伤哦。"

"嗯。"

我嗯了一句，因为我不知该如何接她的话，难道要说让我长见识了吗？

"她们都以为寺尾君的女朋友在其他学校就读呢，我也是这样认为的。"

"真是不靠谱的谣言啊。"

我听见自己始料未及的评价后，只能一脸无奈。

"为什么会有这种谣言呢？"

"因为你给人的印象是那样吧。"

所谓的印象到底是什么？我在心里回味琢磨着，不过说句不好听的话，我深切感受到女生的想象力实在是不容小觑。

"喂，可以问你个奇怪的问题吗？"

"那要看有多奇怪了。"

"你还记得吗？很——久以前，寺尾君有独自在教室里落泪吧？"

"唔哇，我不记得了。"

没想到她竟然还记得那件事,下一秒我就有点乱了手脚,做出了求饶的动作。

虽然我没想过男生应该这样那样,但一个人流泪时不小心被人撞见还是挺难堪的。尽管谈不上是一时的疏忽,可也暴露了自己的弱点之类的。

不过她既然看到了我独特的这一面,那我就没有必要在她面前伪装自己了。将错就错或许反倒更能落个轻松。

"吓了我一大跳呢,没想到你竟然在哭。打小学后我就没见过男生哭了。"

"好了好了,这件事你就放过我吧。"

"因为撞见了这件事,所以我就想应该是那样子吧,多少明白了点。是不是发生了很多事?"

"没有啦,我只是偶尔感性情绪失控而已。当时想说'哇!已经入春了呢',然后就不自觉地感动落泪了。"

唉,我的辩解简直就是在强词夺理。

"好厉害哦,"她轻轻笑了笑,"像古文一样。"

所谓的古文,应该就是大伴家持啊纪贯之啊之类的人写的东西吧。①

"寺尾君还真是有趣呢,跟看上去的样子不太一样。"她说,"我原以为你是那种很冷酷的人。"

"我是个比你想象的要更好的人吧。"我自己顺带说了句。

之后,我们继续闲聊了一阵子。

摩天轮已在不经意间转完了一圈,回到了起点。

"喂,真的没有吗?其他学校的女朋友。"

"真的没有……"我说。这并非谎言。

从那儿之后,我仍在等待美加子断绝已久的短信。后来回想时才意识到当时的我为什么没说出来呢,自己喜欢的女生去了远方,我一直在等她归来。

或许那时已无意识地开始察觉到自己的极限了吧。

同时也预感到紧绷的心情即将弦满欲断的瞬间了吧。

我想,大概就是从那日起,我心中那簇像火苗一样的

---

① 大伴家持和纪贯之均是日本歌人。——译者注

东西被浇灭了吧。

之后过了段时间,我收到了与我一起乘坐摩天轮的她寄来的信。

不是手机短信,是书信。

那年是个瑞雪年,从新年到二月底,在积雪的陪同下降了三次大雪。

每场雪都下得很厚实,背阴面的积雪在下完后整整一周都未融化,结成冰冻在路面上。我将穿在校服里的衬衫换成了羊毛衫。

那是下第二场大雪的当天。

晌午过后,雪花开始飘飞,下课后我冲外面瞟了眼,天空覆盖着均匀的白云,细密的白雪在悄无声息地飘落。

下雪天总感觉外面特别明亮。

由于雪势很大,我盘算最好趁公车没晚点前赶紧回家。打开鞋柜时,我看见有张精致的白色信封躺在里面。

信封上工工整整地写着她的名字。

经过上次的同游,我与她之间的距离拉近了许多,包括"某种微妙的含义"。

因此，我早有预感我们会在一方先开口的基础上慢慢发展成那种关系。

不过，至于书信嘛……

收到手写信件倒是挺新鲜的，因为我们在上课无聊时总互发手机短信。

我觉得书信是一种能在某个特定场所呼唤我的东西，而她在字面上使用的"喜欢"这一字眼更是深深地刺激到了我。而且，她还说要我去找她，说是想当面跟我表白。

这封信的用意已然明了，以至于往后我再也无法若无其事地敷衍搪塞。

她那坚毅的态度让我的胸口翻涌出一股被勒紧的剧痛感。

我走出楼梯口，踩踏在轻薄无垠的雪地上。

我边走边裹紧围巾，清晨忘记看天气预报所以没带伞，只能独自在风雪中穿行。

从学校出来步行大约十分钟后便能看见一座公园，很宽阔，地面铺有美观的石砂，园内还有各种娱乐设施。这里不是住宅区，所以很难见到母亲陪伴孩子玩耍的身影。

公园的正中央有一棵高大的栎树，大树从根部位置分为两半，像雨伞一样扩展着枝叶。

那天，砂石路、娱乐设施及大树全被染成了白色。

她撑着伞站在树下。

呼出的白雾随风飘散。

雪势越来越大，无声无息地飞落在地上。明明雪花正如倾盆大雨般簌簌落下，却没有发出一丁点儿的声音，真是不可思议。有点像梦里的雨景，静悄悄的。

她说她喜欢我。

当然，这是我出生以来第一次听到这样的话。

她的话语深入到我心中，迟迟不肯散去，仿佛积落在地上的白雪久久不愿消融一样。

多么地美妙动人啊。

我心想。

它是那么地清晰，

那么地强烈，

那么地绚丽，

是啊，

我完全失去了抵抗力。

她将雨伞移至我头顶，用手帮我轻轻拂拭掉飘落在我头上及肩上的雪花。奇妙的是，我接受了她的好意。

她轻轻抚触着我，我能感觉到她的手在微微地颤抖。当下，我才切身感受到自己的身体在这里，我就在这里。内心激射出的安心感让我意识到之前的自己是多么地惶恐难安。

长期以来，我都是形单影只，我害怕一个人的孤独，但如果连这种害怕都失去的话，我会寝食不安，而我就是在这种心态下一步步走近深渊的。

那天，我触碰了她的手臂，她没有一丝不情愿。

她的手臂非常纤细，娇柔如绸。那种柔软在电光石火间一闪而过，带给我深深的讶异，真是有点奇怪呢。

事后我试着碰了碰自己的手臂，感觉完全不同，甚至不像同类生物……

我想就这样一直感触她的温柔。

她确确实实就在这里。

她的身体在这里,她的心灵和感情全在这里。

就在我的眼前。

已经无须再与空气相依偎了。

我的女友蓄有一头笔直的长发。

她的秀发颜色略浅,在阳光下时呈柔和的栗色。

她的颜色并非出自漂染,而是天生的,她还向学校提交过说明书。

再仔细些说的话,那个颜色与所谓的茶色又有些许差别。

她的身体不算强健,说起来,她还在上课时举手请过假,然后摇摇晃晃地去了保健室。

她会贫血,偶尔会脸色发青地蹲在地上。

那种时候我往往比她更惊慌失措。体弱多病的人给人的感觉还真是不一样呢,一眼看上去心都在为之震动。

不过，她从未借由体弱多病而试图博取他人的同情。在她那虚弱的外表下，跳动着一颗清纯坚强的心，我认为这一点特别好。

看见她时，我反倒觉得自己成了被同情的一方，也许是因为我每日都在自怨自艾吧。在思念被大家遗忘的美加子且独自流泪的时候，多少都抱有一种自己很可怜的心情吧。我很想否认这一点，但完全没有自信，大概很难控制自己不去自怨自艾与对别人抱以廉价的同情是一回事吧。

跟她在一起时，我开始慢慢思考这些事。

听说她住在居民区的一栋独立白色大楼房里，父亲从事的是高档家具进出口的工作。在我看来，她就是个出身豪门的大小姐。

现如今回想起来，我也许无意识地拿她跟美加子对比过，然后发现几乎没有相似之处才暗自松了口气。

这样真心不太好。

我小心翼翼地把美加子尘封在内心深处昏暗的柜子里。

与痴痴等待一个不知身在何处、从没许下任何承诺的女生相比，所谓"现在"及"这里"的时间、空间感会来得更现实些。

尽管美加子现在正处于某个地方是毋庸置疑的事实，但于我来说，却是个毫无意义的事实。

无论在哪里都同样没有任何意义。

对我而言意义明确的是，美加子现在不在这里。

这是我可以理解的事，对我来说也是一件非常重要的事。

交往后，我的女友比从前更喜欢我了。我跟她乘坐同一辆公车回家，偶尔在车站下车后会两个人单独待一会儿。

我们并排坐在公车中狭窄的双人座上，她紧贴着我，感觉很是开心。

"跟寺尾君在一起时，我总是很容易病倒呢……"

有次她这样对我说。

"嗯，这个嘛……"

确实，自从我们交往后，我目睹她身体不舒服的频率越来越高了。

"是我带来了不好的影响吗?"

"不是啦,寺尾君对别人的健康状况很敏感吧。只要我觉得不舒服,你就一定会立即注意到,所以我觉得很安心,觉得没什么太大问题。可心一放下来就很容易疏忽,等回过神来时眼前已是一片漆黑,身体也跟着马上变得不舒服。"

"嗯——"

无论好坏,总之还是因为我身体才会变弱的吧。

我这样说,可她却一直否定地摇摇头。

"平时都是因为弦绷得很紧才会没事,心想一定不能不舒服啊之类的才没病倒,因为要是一个人突然蹲在路边动不了了的话,也没有人会来帮我呀,大家都只会在心里想这孩子是怎么回事,所以我一直很紧张,而且这种心情搞得我很难受。在学校还好点,因为有保健室。"

"这样子啊……"

"寺尾君真的很细心哦,能很快发现我不舒服,就跟有心灵感应一样……希望没给你添太大麻烦。"

当然没添麻烦啦，一点都没。

也不知为何，后来我们的关系发展到我去见了她的父母，事情也被长辈公认了。

她父母见每天都有人陪自己身患贫血症的女儿回家，打心底放了一百个心。当然除了这一点，她家人也满怀好意地接受了我。尤其是她的父亲，对我超级满意。

我出生于一个普普通通的工薪家庭，不过母亲的娘家也算是名门望族，因亲戚都很拘泥于礼节，所以小时我便学会了文雅得体的谈吐举止。现在这一点派上了用场，在遵守基本礼貌的同时，还应给人端庄客气的感觉，这是重点，但太过完美的话也不讨喜。

好了，不说题外话了，只是这种待人处事的方法值得一学。

没处理好的话，氛围会比较容易陷入某一限定话题，但我并没什么所谓。

她现在就在这里，与我同在。

这才是最重要的事情。

当我们二人独处时，我可以亲吻她的双唇。

此外,还能做更进一步的事。

只要我想,随时都能感受到她的存在。

二年级春天的某个周日下午,为了准备迎接能力测试,我独自坐在家庭餐厅里复习。中途,我突然感觉自己发烧了。

像是感冒,话说最近天气真的是超级寒冷……

刚想到这里,我的意识屏幕像是吸附了层蒸汽般,出现了凝结而成的雾霭。我的脸很烫,可我有点感觉不到它的热度。

我心想这下惨了,眨眼间,我感觉到热气正在浸透我的身体,如同全身的毛孔都闭合起来了似的。

我倚靠在椅子上,半边身体处于瘫痪状态。

指尖很沉重,脑海一片茫然。

就这样,我以半边身体挂在椅子上的姿势呆然地僵硬着。家庭餐厅内一如既往地出售着奶油色的咖啡,轻柔的纯音乐自由散漫地在店内流转。

分明只是发烧而已,可我却觉得自己突然与日常生活隔离了。

那是一种仿佛自己与环境间隔着一层磨砂玻璃的感觉。

而我在磨砂玻璃的一边茫然地眺望着另一边。

那边的雅座上稀稀拉拉地坐着几位客人。

他们正在聊自己的事。

店员忙得一刻不停,要么撤走空盘,要么给客人加饮料,要么匆匆走入后厨。

可是,这些都是与我隔离的另一个世界的事。

我在发烧。

但我的高温与周围流转的景色毫无关联。

轻音乐,

正在置我于身外地鸣奏。

坐在那边的那个人,

是同我无关的人。

还有那边的另一个人,也与我无关。

和他无关。

和她无关。

所有的都和我无关。

这到底是怎么回事？对了——

仿佛像是……

恍恍惚惚飘浮在宇宙空间中。

身体的感觉很迟钝。

什么也感触不到。

甚至连踩在地上的实感也不见了。

如同飘浮着一样。

所有的事物都偏离了。

意识不属于这个地方。

就是这种感觉。

我很害怕。

猛然有种坠落的错觉。

好可怕。

难以抑制的孤独。

我用麻木的手抓住手机，翻到用便捷键即可接通的联系人，摁下按键。

然后说，我想马上见你。

你在哪里？

我好想立刻见到你。

电话那边的她不停询问我，你在哪里。

我在哪里呢……

瞬间我想不起来了，语塞了。

大约四十分钟后，她赶过来了。这四十分钟好漫长好漫长。

她在我身旁坐下，身子凑向我，用手抚触我的脸颊。

我将额头搭在她的肩上，握住她的手。她的手很冰，我这才感觉到自己的高温。她说"好热啊"，听到这句话后我才放下心来。

热度在向她传递。

这是属于我的热度。

在伸手可及的地方有为我而存在的东西，包括我当下自身的存在。

我心满意足。

"你是不是学习用功过头了？呐，决定考哪里的大学了吗？"

她担心地问。

"别去太远的地方哦。例如冲绳呀北海道呀之类的……"

远方的极端仅是冲绳和北海道吗？我不禁笑了笑。

我终于恢复了点体力，回答说：

"我没打算去那样的地方啦。理工科的话，东京都内就有很多好学校嘛。"

"是吗？太好了……"

雨未停

随着季节的变更,又迎来了夏季。

高二的夏天。

梅雨季节结束后,空气的湿度没有太大变化,闷湿的空气中混合着夏日炙热的阳光。

我喜欢这种感觉。

多种感情交织在一起也是件兴奋刺激的事,那种感觉与暑假即将来临的骚动期盼,或面对一大堆家庭作业无从下手的茫然错乱很是相似。

进入暑假后,我跟她一起去预备学校学习。她读文科,我则是个百分百的理科生,所以我们要听的讲座大都不同。不过,中心考试对策课程可以一起听,上课时我们总是并排而坐。

返校那天，与班上的同学见面，发现有人晒得黝黑黝黑，有人改变了发型，顿时感觉真是许久未见啊。但我每天都会和她碰面，因此并没发觉她有什么不一样的地方。这种感觉挺新鲜的，也令我欣喜。

那天是八月二十日，是那个夏天最后的返校日。

清晨分明还是阳光明媚，可一到上午就突然乌云密布，阵雨滂沱。

天气十分炎热，下雨倒是能凉爽些，可雨势过大，我有点犹豫是否要冒雨回家。

梅雨时节我带来学校的伞还竖立在伞架内。于是，我跟她同撑一把伞，先去车站前的CD店和书店买了点东西，再徒步朝家的方向走去。

她之后还要去上课（好像是大提琴课），走至岔路口时，我递给她雨伞，要她撑走。至于我接下来嘛，跑回去也不是什么太大的事儿。

我头顶着书包，在雨间奔跑。

我决定走近道回家，于是我拐进一条小路，之后穿过一条小巷，离大街很远的尽头有一条私人修建的道路。顺着弯弯曲曲的小道前进的话，即可看见石阶。

73级。

我一边忍受砸在身上的雨滴，一边飞奔上石阶。一如既往，仍是73级。

可能是我太着急，皮鞋不小心滑了一下。

在奔上被雨淋湿的石阶时，一段记忆在一瞬间掠过我的脑海，还记得那时我和美加子也在大雨中奔爬过这段石阶。或许这是某种意义上的前兆。

那是什么时候来着？

两年前吧。

两年是一段难以形容的时间，不能称之为过去，却又是一段不短的时间。

登上石阶顶端时，雨下得更急了。

我本打算勉强冒雨跑回家，可现在看来不大可能了。雨水渗进了裤子里，裤腿紧紧地贴在膝盖上，感觉好难受。

我顺着县道往右转，周围的景色一如两年前一样荒凉。我飞奔冲入了车站的候车室。

里面当然没人，我像是回到了自己的房间般，肆无忌惮地冲入室内，利索地在长椅上坐下后，才算缓了口气。

木制的小屋如以往一样昏暗。

外面被乌云笼罩得不见光明，屋内的光线被衬托得更暗淡了。

对了，这里没有电灯……

在像仓库一样积满灰尘的候车室内，我只能听见自己粗重的喘息声。

被淋透的衣服贴在身上，感觉有点冷。

一个人待在这里也是百无聊赖，极度空虚。

要是雨能快些停止就好了……

这时，手机短信声响起。

星之声

那条短信如同一颗炸弹,蓦然飞落。

邮件主题:我是美加子哦♡
发件人:长峰美加子(mikako@jcom…)
接收时间:48.08.20.3:20pm
发送时间:47.08.04.4:46am

喂喂,阿升!
好久不见!
我是美加子哦!
我说,一年不见的阿升还好吗?

没忘记我吧?

时隔如此之久才给你发短信,真是抱歉。

嗯……现在我的心情还久未能平静下来……

该怎么说才好呢?

里希提亚号就在刚才瞬移了一光年的距离。

但我并没有切实度过这一年。

我现在还是十五岁哦。

对阿升来说的一年前,

对我来说却是三十分钟前,在冥王星附近,

我们首次遇到塔尔西安,

并展开了战斗。

塔尔西安人多势众,

我们毫无胜算,

所以里希提亚舰队通过超空间运动逃离了现场。

我没有空闲联系你,刹那间,

我和阿升拉开了一光年的距离。

里希提亚号马上就要……

里希提亚号马上就要进行长距离瞬移。

目的地是 8.6 光年之外的天狼星。

当你收到这条短信时,我已经在天狼星上了哦!

今后短信传送的时间,

需要 8 年 7 个月……

对不起。

你说,

我们是不是像分隔在宇宙和地球间的恋人?

对不起。

对不起。

穿越星际

♂

看完一遍后,我并没能完全理解这条短信的内容。我呆滞地望着手机屏幕上的文字,继而回到开头,自言自语地读出声来。

"你说,我们是不是像分隔在宇宙和地球间的恋人?"

读出声后,从我嘴中滑出的字眼在这昏暗的空间内回荡,紧接着再凝聚成一体渗入我心中。
那时我终于明白了。
短信的发送日期是 2047 年 8 月 4 日。
一年前。

这条短信乘着光,整整花了一年的时间才来到我手中。

距离发送短信的时间已有一年。也就是说,从美加子输入这些字句到现在,整整过去了一年。

美加子深知需要这么长的时间。

美加子知道我一年后才能收到短信,却依旧写下了这些文字。

我的思绪不由自主地萦绕在这件事上。

我在仅仅一年的时间内便放弃了感触美加子的存在。

美加子直至今日依旧被分隔两地的痛楚纠缠折磨着。

而我只是没能收到她的短信,就已然当美加子从未存在过一样。

失去了她的联络,失去了她的陪伴,我便因此渐渐失去了她存在的现实感。我真是太任性、太迟钝了。

我真像只恐龙一样反应迟钝。

内心的羞愧没有界限。

我这种人简直愚钝得跟块石头一样。

在暗淡的车站候车室内,我凝视着眼前的这片幽暗。

握在手中的手机发出绿色的背景光，一点点地渗入昏暗中。

在我看来，那是从美加子所在之处发来的光芒。

那时的我——

心灵穿越了时间，感触到了美加子的气息及存在，这些与两年前的那日一模一样。从美加子的喘息、喉咙发出的声音，到美加子甩落雨滴、散发出的她的体香，一切的一切。

我想念此时此刻身处宇宙某个角落的美加子。

想念距离这条短信发送后一年的美加子，她已经长大一岁了。

美加子现在还好吗？

定然很好。

无论多远都没关系。

想想看。

我可以感受得到她。

我必须感受美加子的存在。

可是——

八年。

那个大犬座的天狼星系。

今年看见的天狼系发出的光芒已是八年前的光芒，整整花了八年的时间，光芒才终于投射到我的视网膜上。

为了切身感受八年到底有多久，我试着想象了下八年前的情景。

那时我才八岁。

现如今已几乎回忆不起八岁时的事情了，一切如同一个定时密封容器。

它与永远又有着怎样的差别呢？

可即便如此，

我的内心还是在无声无息地发生着变化。

宛如奇迹般，乌云陡然消散，炙热的阳光从入口处斜射进来。

我坐在候车室的最里面，光芒照射在我脚边。

光芒很温暖。

我能感到濡湿的地板在渐渐被晒干。

阳光很耀眼。

我定了下一个目标。

一个如石碑一样沉重坚定且不可动摇的目标。

我要变坚强。

不再只是痴痴地等待和受伤。

我要……

变成熟。

我关掉了手机电源。

下次开机时应该是八年后了吧。

走出候车室,夏日强烈的阳光刺得我睁不开眼,低垂密布的乌云难以置信地散开了,周围被炎热的空气所充斥。

八月艳阳晴空的景色在眼前铺展开,着实令人心潮澎湃。

我的心情如同穿越了隧道般。

我朝与家相反的方向迈出脚步,在横亘于眼前的单行道上行走。

整条路上除了我再无旁人,也没有一辆汽车通过。这是一条人迹罕至的道路。

阳光倾泻而下。

清澈的蓝天辽阔无垠。

荒地上杂生的繁草被雨露打湿,闪耀着绿色的光芒。

远方,软冰激凌般的积雨云冉冉上升,仿佛只要一伸手就能像爬墙一样轻松登上去。

我在炙热的空气中,笔直地,只顾笔直地向那片积雨云走去。

时　间

这之后过了八年。

我的时间是你的时间

我二十四岁了。

高中毕业后,我考入了创建没多久的联合国宇宙军大学。

我看上去一点也没有军人的气质,要是还有其他办法的话,我一定会选择其他出路,但思来想去,我仍觉得这是唯一的办法。

而且,这座大学的日本分校就建在当地,所以我觉得这也是机缘之一吧。

十九岁那年冬天,我考取了驾照,于是租了辆车开往三浦半岛的城之岛看天狼星。

我尽量穿得厚实些,躺在沙滩附近的草丛中,对着昏暗的大海,遥望了一宿位于其上方的空阔夜空。躺下时看见的天空是圆形的,繁星汇聚成一片海洋,将我笼罩,这是在首都圈奢望不到的景致。几颗星辰在夜空划落。

我凝望着蔓延在黑暗海面上空的冬日银河。

这应该是我第一次特意去看银河这个星域哦。

很快,我便发现了青白色的天狼星。

那是颗明亮的星星。

受大气层遮蔽的影响,大部分星星都看得不太清晰,它们若隐若现地在夜空中闪烁。但其中天狼星那明亮的光芒却带给人莫大的勇气。

不过那片光芒仍不是美加子见到的光芒……

在迢遥无垠的星空下,时间与距离是那么地遥不可及,我有些眩晕了。

如想见到美加子所见到的那片光芒,还需再等五年。

在八年零七个月前,燃烧的天狼星发出的光芒在空无一物的漆黑宇宙中笔直前行,在经历了八年零七个月后,才投射至我的视网膜上。

映入眼帘的是另一个恒星系，熊熊燃烧着的另一个太阳所发射出的光芒。

尽管这是连小学生都知道的常识，可我依旧觉得惊讶无比。

美加子首次看到的天狼星的光芒，现如今正在天狼星系与地球间的黑暗中笔直前进。

光芒正在进行着一段辽远的旅程。

与此同时，美加子输入的短信数据也跟光一样，以同样的速度穿梭于宇宙间，向我飞奔而来。

笔直地。

思念。

以光速。

如箭般。

视野里尽是忽明忽暗的繁星，我甚至有种自己正飘浮在宇宙中的错觉。

面朝夜空，瞬间，感觉自己像是被什么牵引着，在一直往下坠。

我陶醉于这一感觉，啊啊地深深叹了口气。

话说，地球也是宇宙的一部分呢。

这里也是宇宙。

是啊。

所谓的宇宙人，还真是可笑。

我们不就是宇宙人么？

升入大二的那年夏天，我和体弱多病的蓄有一头栗色秀发的女生分手了。

也许是因为我想去到远方吧。

但她留给我很多东西，我觉得自己从她那儿学到了很多。

通过与她的交往，我见识到了很多事情，也慢慢开始关注那些她告诉我的，而我起初完全没能注意到的一些事。

分手是痛苦的。我超级超级喜欢她。

直到现在，我偶尔也会去猜想当下她正在做些什么。

那之后，我还跟其他两个女生谈过恋爱，但最终都分手了。

我接受了训练和课程。

毕业后任职，在干部培训学校教授了两年的专门教育课。

就这样，我生活在我的日常与现实中。

我一面孜孜不倦地生活，一面努力感受内心一隅那看不见的现实。

在我灵魂的中心，有个类似上了锁的小箱子一样的一角，我小心翼翼地保存着它，没有腾给任何人，它只为美加子而存在。

我交到了很多朋友。

接触了各式各样的人。

我认真地沉浸在眼前的日常生活中，至少我在朝着这个目标去努力。

我跟所有人一样，生活在日常世界里，或喜或悲，或伤害他人或被人伤害，我体味了那些蛮横无理，记下了当时的愤怒。

我将这些不尽相同的感情、体验、品味过的所有感觉轻放在手心，尝试抚触它们，从各个角度打量它们，把它们打磨得更精致后，排列在内心的陈列架上。偶尔我会依次取下它们，反复回味。

这是我把自己打造的变得成熟的方法。

我想见识更多的东西。

想要一双眼。

一双更深邃透亮的眼，帮我见识迄今为止未曾看过的东西。

我想要一台传感器，帮我感受未曾感受过的东西。

请让一切变得更清晰些吧。

我想察觉未曾察觉过的东西。

我想理解未曾理解过的东西。

我想变得更成熟。

我想拥有更宽广、更睿智的见解。

2056年3月末，获批得到一周的假期，我回到了那个曾一个人生活过的久违的公寓。

因为长时间待在休斯敦，所以我去便利店买东西时出现好几次话语突然噎在嗓子里，说不出日语的窘况。算了，反正很快就会恢复正常的。

我扫了眼在车站商店买的报纸，所有报纸的头条都是里希提亚舰队在天狼星系战斗的新闻。发生在八年前的战斗报告通过光速通信，于八年后终于传达到了地球。里希提亚通过捷径抛锚点逃离至天狼星，但之后依旧遭遇塔尔西安的袭击，被迫爆发战争。

因职业关系，我在三天前就知晓了这个消息，但要以八年为一个跨度基准的话，几乎可以说是同一时间呢。

看了这则新闻后，尽管有些令人担心，但我却并不担心。

这种矛盾的感觉，从某种意义上来说本身就是自相矛盾的，可我真是这样想的。

我将报纸扔在床上，打开落地窗走到阳台望了眼，这个季节竟然下雪了。

这一定是今年冬天最后一场雪吧……

照这样下去，今年的樱花要很晚才会挂满枝头吧。

我倚在阳台的扶栏上，欣赏了会儿纷扬飘飞的雪花和那轻飘如絮的云朵。

然后，回忆起了至今为止走过的路，以及今后奋斗的方向。

已经过去了八年零七个月哦。

还真是个好时机呢。

迄今我仍清晰记得，那个夏天，自己把八年的岁月想象成了永远。

之所以有这样的想法，还是因为那时的自己太年少了。

对十六岁的少年来说，八年意味着半辈子。

但于当下的我而言，并非如此。我现在可以用更长远、更宽阔的视角捕捉时间的量度。

从那日到今日，我也没有一直坚定不移地走在自己的人生之路上。

该怎么说呢，甚至觉得自己常常有些彷徨迷离……

但是，只有那日决定的目标从未动摇。

我生活在自己的时间里。

下个月开始，我将如愿以偿地去舰队工作。

搞不好有段时间会往返于卫星轨道与地面之间，所以趁近期闲暇，赶紧搬离这栋公寓。

每每看见那套被小心谨慎地装入旅行箱，缀有宇宙军少尉军衔标志的白色礼服，我都会莫名地感到难为情，但与此同时也会发自内心地感慨一番。我花了八年的时间，才获取了穿上这套礼服的资质。

短信铃声响了。

我知道这条短信是谁发来的。

我回到屋内，看着放在桌子上的手机，绿色的背景灯忽亮忽灭。

我盯着那束光看了一会儿。

然后慢慢拿起手机。

在控制自己情绪的同时，摁下了确认键。

我在这里哦

♂

邮件主题：我在这里哦

发件人：长峰美加子（mikako@jcom...）

接收时间：56.03.25.02:54pm

发送时间：47.09.16.01:35am

24 岁的阿升，午安！

我是 15 岁的美加子哦。

追踪者

♂

这条短信还有后文,只是混入了乱码无法阅读。

能收到已然是个奇迹了。

八年前的美加子想告诉我些什么呢?

话说,美加子仔仔细细地跟我描述过她调查各个星球时见到的景色哦。

那些无法阅读的文字或许跟从前一样,是在告诉我她于天狼星上看到的各种风景吧。

美加子看到了些什么呢?

我想知道。

美加子见到的景色。

美加子收获的感受。

我都想知道。

我披上粗呢大衣,穿上工作靴,锁上公寓的房门。

从走廊放眼望去,窗外还在下雪。

云朵的色彩与白雪的色彩相互交织,天地间白皑皑的一片。

我行走在雪花飞舞的城市间。

我置身于白雪纷飞的街景里,想象着美加子曾在短信中转告我的宇宙的景色。

火星的奥林匹斯山、马里纳鲁斯峡谷,还有塔尔西斯火山。

土星的光环。

木星的云彩。

磁流管的电击。

盖尼米得和艾奥。

从希马力亚的弹射器中飞出,化作九道光束后如同星辰般坠落的追踪者。

啊啊……

应该很绚丽吧……

很久很久以前的心情再度复苏,好想跟美加子一起加入追踪者的队伍啊……这种心情差不多睽违了十年之久吧。

好想跟美加子在一起。

想同她一起欣赏那边的景色,想同她一起感受相同的事物。

雪势稍稍变弱了,均匀的云层间露出了一丝细微的缝隙。

我没有什么特别想去的地方。于是,我打算恍恍惚惚信步而行。

蓦地,我停下了脚步。

那儿是那段石阶的下方。

跟以往来这里一样,我站在石阶的最下方举头仰视上面。

阳光挤出云间，刺过氤氲的空气，投射下好几缕光线，倾斜于地面。

自然与偶然相交织，几抹温柔的日光仿佛是支撑云端神殿的擎天大柱。

天使的梯子……

啊啊，我想起来了。

我曾和美加子一起目睹过这番景色。我跟她说"那个叫作天使的梯子哦"，可她却笑话我说，不要一本正经地说出如此浪漫的话。

这有什么好笑的呢？

美加子还记得这件事吗？

这八年来，美加子是如何度过的呢？

她遇到了怎样的人？接触了怎样的人？经历了些什么？感悟了些什么？明白了些什么？

我已经长到二十四岁，也经历了很多很多呢。

二十四岁的美加子长成什么样的女生了呢？

说不定在里希提亚内举行了舰内婚礼什么的吧……

当然，我并不在意这些。这些都不是问题。

我希望她能跟不同的人交流心情感悟，我希望她能了解更多我还不知道的事物。

我希望她能告诉我这些。

当然，你还活在星空的某一隅。

这点是绝对的。

因为我在这里想念着你。

我——

我想见你。

好想见你哦，美加子。

我会去的。

去往宇宙。

去看你见过的风景。

为了站在你曾去过的地方。

为了亲身体味你的感悟。

我会去的。

去往无法想象的远方。

你会带我去的。

去往你所追寻的道路。

去到远方。

去到更远的远方。

只要我一直想着好想见你,你便是真实的存在。

我在这里哦。

你也是——

弹射器

♂

我坚定地踏上了那段延伸向云雪相交的白色天空的白色石阶。

图书在版编目（CIP）数据

星之声：爱的絮语·穿越星际 /（日）加纳新太著；
冷婷译 .—北京：北京联合出版公司，2015.7（2023.6重印）
ISBN 978－7－5502－5594－4

Ⅰ．①星… Ⅱ．①加…②冷… Ⅲ．①长篇小说－
日本－现代 Ⅳ．① I313.45

中国版本图书馆 CIP 数据核字（2015）第 133132 号

ほしのこえ あいのことば / ほしをこえる
©Makoto Shinkai / CoMix Wave Films ©Arata Kanoh
All rights Reserved.
First published in Japan in 2006 by KADOKAWA CORPORATION ENTERBRAIN
Simplified Chinese translation rights arranged with KADOKAWA CORPORATION ENTERBRAIN
through Tuttle-Mori Agency, Inc., Tokyo and Beijing Kareka Consultation Center, Beijing.
Simplified Chinese edition copyrights : ©2015 by Beijing Xiron Books Co., Ltd.
著作权合同登记 图字：01-2015-4056

星之声：爱的絮语·穿越星际

作　　者：〔日〕加纳新太
译　　者：冷　婷
责任编辑：夏应鹏
特约监制：何　寅
产品经理：夜　莺
特约编辑：唐　宁
封面设计：所以设计馆

北京联合出版公司出版
（北京市西城区德外大街 83 号楼 9 层　100088）
河北鹏润印刷有限公司印刷　新华书店经销
字数 120 千字　787 毫米 ×1092 毫米　1/32　9.25 印张
2019 年 10 月第 2 版　　2023 年 6 月第 28 次印刷
ISBN 978－7－5502－5594－4
定价：45.00 元

未经许可，不得以任何方式复制或抄袭本书部分或全部内容
版权所有，侵权必究
本书若有质量问题，请与本公司图书销售中心联系调换。电话：010－82069336